トライアングル

鷹司にしがみついて、鷹司の胴を挟んだ腿を痙攣させながら締めつけた。

（本文より抜粋）

DARIA BUNKO

トライアングル

山藍紫姫子

illustration※ライトグラフⅡ

イラストレーション❋ライトグラフⅡ

CONTENTS

この作品はフィクションです。
実在の人物・団体・事件などに一切関係ありません。

トライアングル

第一章　目には目を…

I

七月二十二日に梅雨《つゆ》は明けたと発表があったのに、大気《たいき》の状態が不安定で、夕方になると土砂降りの雨が降る。夏が来たという証の夕立だったが、連日の雨で、タリオが奥多摩町《おくたままち》に建てた地上六階地下三階からなる処理施設の地下は暗く、湿気《しっけ》があり、寒かった。

少女が監禁《かんきん》されていた場所を再現したB1-Cスタジオは、施設のなかでも小規模《しょうきぼ》な処理用の個室だ。そこの、コンクリート床には、「物件《ファイル》№3７５６４」のターゲットである全裸の女が二人、背を丸めて横たわり、すすり泣いていた。

女の名前は、鹿子木《かしぎ》祐也《ゆうや》と丈森《おおもり》勇人《はやと》。

二十七年前には、男としてこの世に生を受けた二人だったが、現在は、自分たちが犯《おか》した罪により、「同害報復《どうがいほうふく》」によって裁《さば》かれている身であった。

二人は大学在学中に、オープンキャンパスに参加した女子高校生をレイプした後、犯行の発覚を恐れて廃墟《はいきょ》の地下に監禁したあげく、九十日間にも渡って暴行と凌辱《りょうじょく》を加え続けたのだ。

監禁された少女は、鹿子木と丈森が連れてくる友人らからも強姦と輪姦《りんかん》を繰り返されただけでなく、丈森が飼っていた雄のボルゾイとの獣姦《じゅうかん》を強要されて、ビデオ撮影までされていた。凄惨《せいさん》な獣姦が繰り返された後、警察に話せばビデオをインターネット上に公開すると脅されてから少女は解放されたが、自宅へ帰る途中のタクシーのなかで死亡した。

ようやく助かったにもかかわらず、安堵《あんど》と喜びという感情の昂《たか》ぶりが、極度《きょくど》のストレスと恐怖の末、衰弱《すいじゃく》しきっていた彼女の身体を亡《ほろ》ぼしてしまったのだ。

服のポケットに、タクシー代金として突っ込まれていた硬貨《こうか》から、鹿子木と丈森の指紋《しもん》が検出され、間もなく二人は逮捕された。

彼女が死んだのは解放後であったとしても、鹿子木と丈森が殺したことに間違いはない。しかし当時、鹿子木と丈森は未成年だったこともあり、懲役《ちょうえき》十年の実刑判決《じっけいはんけつ》を受け、実質は六年の服役《ふくえき》で出所《しゅっしょ》した。

償《つぐな》ったとみなされた彼らは、姓を変え、家族の支援で社会復帰を果たしたが、更正《こうせい》がうわべだけのものであり、罪の意識を持っていないのは明らかだった。

日本では死刑制度廃止論が高まった時期に、四ノ宮康熙《しのみやこうき》が「同害報復」を執行《しっこう》する「タリオ」を設立《せつりつ》し、やがて政府が秘密裡《ひみつり》に公認する特殊組織となった。

「目には目を、歯には歯をもって人に与えたと同じ傷害を受けねばならない」とするタリオの理念《りねん》では、鹿子木と丈森は、女子高校生が受けたと同じ地獄を味わい、死なければならない。

ゆえに彼らは、タリオの幹部《かんぶ》桜庭那臣《さくらばなおみ》が擁《よう》する「使徒《しと》」の龍星《りゅうせい》とルキヤによって二月に拉致《らち》され、生理的食塩水パックによる隆胸《りゅうきょう》手術と睾丸除去《こうがんじょきょ》を行われた。

後に、陰茎《いんけい》の皮膚《ひふ》を体内に反転させる方法で膣《ちつ》の造形と、陰嚢《いんのう》を陰唇《ラビア》に、亀頭《きとう》部分の神経は陰核《クリトリス》に変えられていた。

手術後、性交渉《せいこうしょう》が可能となるのは三ヶ月経って、五月中旬だった。

しかし、鹿子木と丈森の「処理」を請《う》け負《お》った桜庭が白須洋一《しらすよういち》によって傷つけられ、療養《りょうよう》を必要としたために、執行は一ヶ月延《の》ばされて六月六日から行われた。

六月六日から九十日間。

最初のころは、桜庭の擁する「タリオの使徒」龍星とルキヤとが、鹿子木と丈森の男性性器から型どりした張り型を使って、肛門性交をともなうレイプを行った。

七月に入ってからは、彼らが仲間を呼んで少女を輪姦させたと同じ「処理《こと》」を、鹿子木と丈森に対して行ってきた。

彼らの供述《きょうじゅつ》どおりに輪姦するとなると、六人からの男が必要となる。そこで桜庭は、タリオに所属する構成員を四人雇い、「処理」に加えた。

十六時。五時間をかけた集団による輪姦が終わった。

恐怖と屈辱《くつじょく》と苦痛にすすり泣く二人を残し、構成員《メンバー》たちがCスタジオから出てくる。モニタールームの液晶画面から「処理」を見学していた桜庭は、録画スイッチを切ってソファーを離れた。

いままで、幹部である桜庭が「処理」の現場に立ち会うことはなかった。

普段は、龍星とルキヤが四人に加わってターゲットの輪姦を行ってきたのだが、今日は二人とも別の「処理」のために出かけており、桜庭がモニタールームに入ることになったのだ。

かつて、育てられた児童養育施設で、実父《じっぷ》をふくむ複数の教師たちから性的凌辱を受けてきた過去のある桜庭に、ファイル№３７５６４の立ち会いは辛《つら》いものになるかと思われたが、杞憂《きゆう》に終わった。

自分でも意外なほど冷静に、構成員《メンバー》たちに犯される二人を眺《なが》めることができた。もっとも、二人が性転換手術を施され、見事な女体《にょたい》に変わっているからかも知れなかったが――。

ドアロックを解除《かいじょ》して出てきた四人は、Ｃスタジオの内廊下《うちろうか》で待っていた桜庭の姿を見るなり、静止画像《せいしがぞう》のように歩みを止めた。

殺風景《さっぷうけい》な白い壁に取り囲まれた内廊下に、群青色《ラピスラズリ》の神父服を纏《まと》った、罪深《つみぶか》いほど美しい青年が立っていたことに、意表を衝《つ》かれたのだ。

噂で聞いてはいたが、実際に桜庭那臣本人を目の前で見て、たじろがない男はいない。興味を持つか、無関心でいようとするかは、次にやってくる。

「お疲れ様でした」

桜庭が声を掛けると、四人のなかの一人、マキノが我に返ったようになり、軽口を叩いた。

「神父さんはまだ早いぜ、生きてるからな」

そう言ったマキノの隣にいたミヤベが、笑いながら肘で小突いた。

「マスターの桜庭さんだぜ、おい」

「バカ、知ってるよ」

今回集められた四人は、もとは「使徒」として「処理」に関わっていたが、何かしらの不《ふ》適格《てきかく》を指摘されて機関《きかん》での再教育を受け、使徒から構成員《メンバー》へ転属となった者であった。

構成員たちは、使徒が「処理」した死体の始末や現場の復元、今回のように処理施設を使用する場合の下準備などの雑用から、人数を要《よう》する「処理」の補助人として働いているのだ。

もちろん、「処理」の補助要員として駆りだされるときには、日払いで、労力に応じた報酬《ほうしゅう》を受け取ることになっている。

「ご苦労様でした。次回は二日後の二十六日に、午前九時から午後四時までお願いします」

桜庭は用意してきた封筒を、にっこりと微笑みながらマキノへ手渡した。

封筒の中には、本日の報酬が入っている。

一時間いくらの計算で四人に支払うのだから、一回の輪姦でかかる人件費はかなりの額になった。

いや、彼らの昼食代も持たなければならないので、出費はさらにかさむ。

そのうえ、Cスタジオを九十日間借り切っておかなければならず、ターゲットの二人を生かしておくための最低限の食事と衛生面《えいせいめん》の配慮《はいりょ》も必要だった。

手間が掛かりすぎる「処理」ゆえに、エントリーのなかったこのファイル№3756４にも、完了のあかつきには報奨金がでる。出費が大きくとも、最終的に赤字にはならないはずだ。けれども、現在の桜庭家では、並行《へいこう》して別の「処理」も行わなければ、日々の暮らしがたちゆかなくなるおそれがあった。

よって今日は、龍星とルキヤは別の「物件」に取り組み、桜庭が「処理」の立ち会いと、支払いのために来たのだ。

「永い時間、ご苦労様でした。また二十六日にお願いします」

桜庭は封筒を差し出しながら、ねぎらいの言葉をかけ、微笑《ほほえ》みを付け加えた。

「了解」

四人のリーダー格であるワンが、ロックされたCスタジオの扉へ視線を流して、コンクリートの床に蹲っているだろう鹿子木と丈森の姿を透《す》かし見るように目を細めながら言った。

「四人がかりでめちゃめちゃにしてやったが、やっぱ元は男だな、けっこう体力あるぜ。気絶するかと思っても、最後まで保《も》つからな」

「野太い声で泣きわめいてうるさいけどな」

ミヤベが口をはさみ、マキノが同意して肯《うなず》いた。

「あの声には萎《な》えるからな」

五時間、性転換された女体を相手とはいえ、勃起《ぼっき》を維持《いじ》し、いたぶり、犯し続けなければならない。四人にとっては、快感どころか苦行《くぎょう》でもある。そして、ペニスバンドを装着《そうちゃく》してもよいと但《ただ》し書きがあっても、彼らは強姦という「処理」のために雇われた意地とプライドがあるために、決して使おうとはしないのだった。

「おっと、俺は次があるからもう行くけど、二十六日もお逢いしたいっすね。お先に」

十七時から別の「物件」の補助を頼まれているマキノが、通路側の扉を開け、出ていった。

狭い内廊下の人口密度が減って、少しばかり桜庭は安堵する。いささか疲れたので、はやく彼らを送り出してしまいたかった。

「ありがとうございました。二日後にまたお願いします」

だが、ワンの後ろにいた最後の一人、長身に、曲がった鷲鼻《わしばな》のヒラタが、桜庭の差し出した封筒を受け取らずに手首の方を掴《つか》んだ。

ぞくっと、桜庭は総毛立《そうけだ》ったが、表情はまったく変えることなく、嫣然《えんぜん》と微笑んだままヒラタと向かいあっていた。

長身のヒラタはガムを噛みながら、上半身を折り曲げるようにして、桜庭に顔を近づけた。

「あいつらを犯《や》った後だと、あんたが女神さまに見えるぜ」

男にしておくには勿体《もったい》ないほどの美貌をもつ桜庭だが、女神さまと言われるのは心外《しんがい》だった。

「残念ですが、わたしは女ではありませんよ」

当たり障《さわ》りのないように、桜庭は微笑みながら、優しい声でヒラタに反論した。

「そんなのは判《わか》ってるさ、可愛い神父さん。判ってるけど、掘《や》らせろよ」

にやにやにしながらヒラタが言う。

ヒラタは、桜庭がタリオの幹部として相応《ふさわ》しいと思っていなかった。

彼は、桜庭がタリオの創設者であり総帥《そうすい》でもある四ノ宮康熙の養子だとは知らず、その威光《コネ》によって幹部に取り立てられた経緯も知らなかったが、――知っていたならば、もっと桜庭を侮《あなど》っただろうと思われるが…――美しい女のような桜庭を、どこか軽く見ていた。

呆れ気味に、桜庭が訊き返した。

「まだやりたりないのですか？」

このときの桜庭は、ヒラタに手首を握《にぎ》らせたままで、美しい貌《かお》に笑みを張りつけ、心の裡《なか》では数を数えていた。

他人に触れられるとパニックを起こす接触恐怖症は治っている。だが、それが本当に治ってるかどうかを、自分で確かめるかのように、五百まで…いや一千まで数えられれば合格だと、桜庭自身は考えた。

ところがヒラタは、握ったままでいるつもりはない様子だった。

空《あ》いている方の手で、桜庭の青白い頬《ほほ》を撫《な》でた。これには、桜庭も戦《おのの》きを放ち、一瞬だが、頭のなかに積みあげてきた数字が吹っ飛びかけた。

「俺が怖いのか？」

ヒラタが笑う。ガムを噛んでいる口許《くちもと》が、いやらしく蠢《うごめ》いている。

「よせよ。お前はまだ知らんだろうが……」

見かねたミヤベが忠告しようとしたのを無視し、ヒラタは桜庭を凝視めながら言った。

「あんた、産毛《うぶげ》もないすべすべの肌だな。あいつらと同じ男だなんて信じられないぜ」

もともと体毛《たいもう》の薄い桜庭の腕は、それこそ脱毛したかのようになめらかで白く、肘などはピンク色なのだ。

ヒラタの眼の奥には、本気の光が宿っており、まだ獣の臭いが残っている。

桜庭は、男が放つ欲望を全身に浴びて居心地が悪かったが、まだファイル№３７５６４の
「処理」には彼らの補助が必要だという理由で、手を握らせておいた。

拒絶されないことで、ヒラタが図に乗った。

「あいつらの相手をした後はな、あんたみたいに美味《うま》そうな相手で口直しが必要なんだよ」

露骨《ろこつ》に迫ってくる男を拒絶もせずに、桜庭は誘惑するかのように微笑んだまま、囁《ささや》いた。

「食あたりしますよ」

「中毒したって、俺はかまわないぜ」

そこへ、通路側の扉が開いて、深みのある男の声が聞こえた。

「愉《たの》しそうな話だな。わたしも交ぜてもらえるかな？」

入ってきたのは、タリオの№２であり、次期総帥を約束されている男。鷹司貴誉彦《たかつかさきよひこ》だった。

大物の出現に驚いたヒラタは、不意打ちで殴られた様な顔になったが、慌《あわ》てて桜庭の手首を離し、後退《あとずさ》った。

さすがに、鷹司へは畏敬《いけい》を感じており、一介の構成員《メンバー》が、幹部の桜庭を軽んじていたところを見られてしまったのではないかと慌てたのだ。

ヒラタの狼藉《ろうぜき》を傍観《ぼうかん》していたワンはにやにやしているし、忠告してやろうとしたのに無視されたミヤベは、彼を見捨てて、鼻先で嗤《わら》った。

だれが口を開いてもなにかが起こりそうな雰囲気のなかで、桜庭は持っていた封筒をヒラタへと押しつけることで、すべてを終わらせ、流れを元に戻した。

「それでは二日後に、よろしくお願いします」

ヒラタが封筒を受け取ると、今回のリーダーであるワンが、引き揚《あ》げ時だと合図を送った。

「一杯飲んでから帰るぞ。お前のおごりで口直しさせてやる」

ワンに促されて、ヒラタはＣスタジオのある処理室から出て行ったが、扉の前に立った鷹司の横を通りぬけるとき、緊張のあまりに息ができなかった。

ヒラタは軽率《けいそつ》な男だが、鷹司の怖さは判っているのだった。

II

二人きりになると、鷹司は桜庭の前へ近づいてゆき、ヒラタに握らせていた手を取った。

手首が赤くなっているのは、桜庭の肌が白いせいで目立つからだろう。自分の手を鷹司にとられて、桜庭は少しほっとしたように、息を洩《も》らした。

桜庭が放った安堵の瞬間を、鷹司は見逃さずに捉《とら》えた。桜庭が自分に逢《あ》えて、緊張をほぐしてゆくのを知って、抱きしめたい衝動に駆られた。

彼を抱きしめたならば、とうぜん口唇《くちびる》を合わせたくなるだろうし、身体を撫でて、まさぐりたくなってくる。そして、前か後ろのどちらかを、——できれば両方を、舌と指で愛撫《あいぶ》してやり、昂ぶった桜庭が洩らす切なげな声を聴きたくなってしまう。

愛撫された桜庭の方も、鷹司に触れたがり、最後には肉体の内に欲しがるだろう。

しかし、ここはタリオの施設内である。鷹司は自制の心を奮《ふる》って、すべての衝動を怺《こら》えた。

だが、鷹司から欲望の熱を感じとった桜庭が、奪われる身でありながら、得物を狙った獣のように眸《ひとみ》を光らせて、彼を見あげた。

キスを誘われていると知りながらも、一度キスしてしまえば危険だと判っている鷹司は、はぐらかすように言った。

「君が、あの男に、何時《いつ》まで手を握らせておくつもりだったのか、聴かせてもらいたいな」

桜庭に蕩《とろ》かされてしまう前に、いま見たばかりの忌々《ゆゆ》しき光景について、恋人としてもの申《もう》しておかなければならなかったのだ。

非難されることなど一欠片《ひとかけら》もないとばかりに、桜庭は平然と答えた。

「彼らには、まだ協力してもらわねばなりませんから、『処理』が終わるまで、友好的な関係でいたいのです」

腕を握られている間中、数を数えていたことは言わずに隠し、桜庭は打算的な答えの方を返した。

実際、彼らを時給二万円で働かせるためには、手くらい握らせてやるのは仕方がないと考えているのも本心だった。

桜庭の答えは、鷹司を不快にさせた。

「それならば君は、あいつらに肉体を求められても応じるのか?」

苦笑しながら、桜庭は鷹司を上目づかいに見て頭を振った。

「まさか。大げさに考えすぎです。手を握らせていたのは、会社員が退社後に上司に付き合って呑みにいくのと同じです。日常の業務《ぎょうむ》を円滑《えんかつ》に捗《はかど》らせ、いざというときに便宜《べんぎ》を図《はか》ってもらえるように、不本意だけれども相手を煽《おだ》てておくという…根回しみたいなものです」

人が多くを喋《しゃべ》るときは、なにかしら疚《やま》しい気持ちが後ろに隠れているときだ。

鷹司が眉《まゆ》をひそめているのに気づいて、桜庭は自分がなにか拙《まず》いことを口走ったと悟《さと》った。急いで修復するために、彼が最後に問いかけた「それならば君は、あいつらに肉体を求められても応じるのか?」に立ち戻って、答えを返した。

「あなたという人がいるのに、わたしが彼らに抱かれるとでも思うのですか?」

逆に桜庭は鷹司に問いかけると、まだなにか言いたそうに、口唇をうっすらとひらいたままにした。

半開きの口唇に鷹司が惹きつけられているのが判る。ヒラタがガムを噛んでいたときのように口を動かしたら自分がどう見えるか――、桜庭は想像しながら、試しに口のなかで舌を動かしてみた。

身体が持ちあがったような気がした。

実際には、鷹司の強い力で抱き寄せられ、口唇を奪われたのだった。

口唇と口唇が重なりあう。

二人はたちまち夢中になって、自分の方がより深く相手の口腔へ舌を差し入れ、愛をむさぼろうとしだした。

痛くなるまで舌をからませ、お互いを刺激しあって、先に相手を立っていられないほどにしてしまおうとする。

だが、息が苦しくなるほど濃厚なキスの応酬《おうしゅう》に、決着はつかなかった。

鷹司は桜庭を壁際《かべぎわ》に追いつめると、自分の口唇で、彼の下唇を噛むように銜《くわ》えた。桜庭の方も、鷹司の上唇を銜えたので、二人はいつまでもキスの陶酔《とうすい》を味わっていられるようになった。

やがて口唇を離した鷹司が、桜庭の耳許に囁いた。

「君をポケットに入れておきたい。心配だ」

桜庭は、鷹司がどんな表情でそう言っているのかを見ようと、抱きあったままの上体を少し反《そ》らした。

精悍《せいかん》で凛々《りり》しい男の、鋭い双眸《ひとみ》が、自分だけを見ていた。鷹司の眸《ひとみ》に映る自分の顔に向かって、桜庭は言った。

「わたしのポケットには、自分の身を護《まも》る御守りが入っています」

すかさず、鷹司の手が桜庭の神父服に伸ばされ、ポケットからナイフを取りだした。

それは、かつて鷹司の左腕を刺《さ》した細身のナイフだった。

「オモチャだな」

鷹司が笑って言うのに対して、桜庭は反論した。

「これであなたを撃退《げきたい》できたこともあります」

海外から戻ってきた鷹司は、桜庭がタリオの幹部になっているのを知り、「君には向かない」と侮辱《ぶじょく》したのだ。そのとき桜庭は、思い知らせてやるために、鷹司を刺した。

「あれは撃退というよりは、君の成長に感服したのと、血で君の絨毯《じゅうたん》を汚しては悪いと思ったから、わたしの方で退《ひ》いたのだよ。昔も現在も、君の力では誰にも勝てない。今日も、わたしが来なかったらどうなっていたか——」

少し機嫌を悪くしながら、桜庭は鷹司を遮《さえぎ》った。

「それで、わざわざ助けに来てくださったのですか?」

怒った桜庭は魅力的だが、いまの鷹司はこれ以上を諦《あきら》めねばならなかった。彼の方にも、そろそろ時間が迫っていたのだ。

「君がいると聞いて、陣中見舞《じんちゅうみま》いに寄っただけだよ。そうしたら偶然にも、君が今後の『処理』を円滑に捗らせるために、構成員《メンバー》に手を握らせてやっているところだった」

まだ拘《こだわ》っている鷹司に、桜庭は神経が苛立《いらだ》ってくるが、次に思いがけないことを言われて、怒りを忘れた。

「ドールがF‐3で処理中なのだよ。君の方が終わったのならば、見に来るかね?」

鷹司の擁する使徒ドールは、ブロンズ彫刻《ちょうこく》のような青年であり、桜庭のもう一人の恋人だった。

「処理中に、お邪魔してもよいのですか?」

桜庭が借りているCスタジオの鹿子木と丈森は、二時間ほど凌辱されたままの姿で放っておき、苦痛と屈辱《くつじょく》とを堪能させてから、シャワーと食事を与えることになっている。それまで、桜庭には時間の余裕があるのだった。

「構わんよ。今後の参考にしたまえ…それに——」

「それに?」

黙った鷹司を桜庭が促《うなが》した。

「Gスタジオのモニタールームには、居心地の良いソファーがあるから、もう立ったままキスをしなくともいいというわけだ」

地上三階にある処理用のスタジオは、俯瞰《ふかんがた》型の特別室ばかりで、レンタル料金も高額だが、モニタールームの設備も豪華で充実しているのだ。

キスだけで別れたくなかった桜庭は、心動かされて鷹司を凝視《みつ》めたが、戸惑いもあった。

「罪を裁くための処理施設のなかで、わたしはいま、とてもふしだらなことを考えています」

「ふしだらなことを考えているときの君は、とても色っぽいのだな」

鷹司は桜庭の貌を覗きこんで言う。

「揶揄《からか》わないでください。あなたが、あんなキスをするからいけないのです。わたしは真面目に『処理』をしていたのに……」

とりあえず、真面目に仕事をした後、「不本意だが、日常の業務を円滑に捗らせ、いざというときに便宜を図ってもらえるように手を握らせていた」部分をはぶいて、桜庭が抗議する。

もはや怒っていない鷹司は、そちらの問題は蒸し返さないことにして言った。

「あんなキスとはどんなキスだったかな？」

笑いながら鷹司は、桜庭の頬に、二度三度と続けざまに口唇を押しつけた。

うっとりとしたように、桜庭のまぶたが下がって、長い睫毛《まつげ》で眸が隠れてしまう。口唇を半開きにした桜庭が、呻《うめ》くように言った。

「鷹…司さん……、いまの続きをするかしないかは別にして、わたしを居心地の良いソファーへ連れて行ってください。立っていられなくなりそうです」

「それは大変だな。六階のオフィスには仮眠用のベッドがある。そちらへ直行《いこ》うか？」

鷹司ほどの大幹部ともなれば、処理施設内に自分の専用のオフィスを持てるのだ。幹部とはいえ、二十人中二十番目の桜庭には、縁のない話だった。

「いいえ、Gスタジオへお伺いします」

ベッドのある部屋へなど入ったら、求めあってしまうだろうと判っていた。いくらなんでも、職場である処理施設内でセックスするのは不謹慎すぎると、桜庭は考えているのだ。

せいぜい、キスが限度——だった。

「行く前にもうひとつ確認しておくが、Gスタジオではドールがターゲットを処理中だ。血が飛び散っていると思うが、血は大丈夫かな？」

「ご心配なく。そちらの方は、ほとんど問題はありません」

桜庭が答えると、少しばかり面白くなさそうに、鷹司は眉根《まゆね》を寄せた。

「君が気分を悪くしたらすかさず介抱《かいほう》して、わたしが優しい男だという好印象《こういんしょう》を君に与えたかったのだがな」

「優しくなくても、わたしはあなたを愛しています」

三十分以内に、鷹司が「見て、聞いて、感じた不愉快な事柄」のすべてを帳消しにできる言葉だった。

「嬉しいことを言ってくれるな。ご褒美《ほうび》に、三階まで抱いていってやろう」

ほとんど本気で鷹司が言うのを、桜庭は慌てて拒絶した。

「いけません！　わたしは一人で歩いて行けます」

鷹司を押しのけて桜庭は歩き出そうとする。

二人が恋人関係であることを、鷹司はあえて言いふらしはしないが、隠す必要もないと考えている。知られたところで、彼の権威《けんい》も評価も変わるわけではないからだ。

だが、桜庭の方は違う。

タリオの創設者であり総帥の養子である自分の恋人が、次期総帥と言われる鷹司貴誉彦だと、他の幹部や職員に知られるのは、どうしても避けたかった。

いつまでも、自分が一人前ではなく、誰かの愛情や欲望を掻きたてて抜擢《ばってき》されるだけの存在だと見られたくないのだ。

「仕方がない、並んで歩いてゆこう」

素早く背後に寄り添い、鷹司が腰に手を回してきたので、桜庭は飛びあがりそうになった。

「それもいけません！　通路には監視《かんし》カメラがあるはずです。記録されて誰かに観られてしまうかも知れません」

憮然《ぶぜん》とした面持《おもも》ちで、鷹司が腕を組んだ。

「桜庭くん。それではわたしの方から質問させてもらうが、どの程度の願いならば君に叶えてもらえるのかね？」

美しい貌に、男をとろかせるような笑みをうかべ、桜庭は答えを返した。

「あなたが出てから五分後に、わたしが行くというのはいかがです？」

「却下《きゃっか》する」

即断即決《そくだんそっけつ》で拒絶された桜庭が、プランBを口にした。

「では、わたしが先に歩きますので、鷹司さんも偶然に同じ通路を歩いているという感じで三階まで行くのはどうでしょう？」

受け容《い》れがたかったプランAに比べると、甘美《かんび》なほどの好条件に聞こえ、鷹司は交渉を妥結した。

「プランBを採用しよう。いまは十七時ジャストだな、君が出てから十秒後にわたしは歩き出すぞ」

鷹司は桜庭を急きたてて、処理室の内廊下から一般通路へと押しだした。

そして十秒後に、自分も通路に出たが、歩幅《ほはば》を拡げて大股で歩き、先に行く桜庭にやすやすと追いつき、ついには並んでしまった。

偶然に同じ通路を歩いていて、肩を並べてしまったという風に――……。

驚き、怒りを感じたが、桜庭はもう諦めて、鷹司と連れだって歩くことにした。

Ⅲ

鷹司の借りているGスタジオは、地上三階と四階を使った特別室だ。

ターゲットの「処理」は三階のスタジオで行い、それを四階の第二モニタールームからハーフミラーのガラス越しに俯瞰できるようになっているのだ。

桜庭は鷹司に案内されて、三階のGスタジオと隣接した第一モニタールームから入ると、螺旋階段《らせんかいだん》で四階へあがった。

第二モニタールームは、鷹司の言った通りだった。

スイートルームの居間のように、贅沢で大きな革張りのソファーやテーブルが配されていた。

それでいて、壁にはGスタジオを録画する機材が、ラックに納められてずらりと並び、ソファーと同じ革を張った肘掛《ひじか》け椅子と、大きな木製のデスクには、鷹司の持ち込んだコンピューターが載っていた。

「素晴らしいモニタールームですね」

思わず感嘆の声をあげた桜庭は、壁一面を占める頑強《がんきょう》なハーフミラーガラスの所へ行き、手摺《てすり》に掴まって三階のGスタジオを見下ろした。

「ガラスは君が体当たりしても割れないが、あまり前のめりになると眩暈《めまい》がするぞ」

背広を脱いでワイシャツ姿になった鷹司が、デスクのコンピューターを操作しながら、桜庭に向かって注意する。

「ええ、気をつけます」

ミラーガラスの壁は、スタジオ内を余すところなく眺《なが》められるように傾斜が加えられ、足元までぎりぎりに張り巡らされている。手摺に掴まっていないと絶壁に立っているような気持ちになり、目が眩みそうなほどだ。

命綱のように思われる手摺は、ステンレスに樹脂《じゅし》コーティングした上部平坦型《フラット》のもので、見た目とは違って手触りもよく冷たさもなかった。

稀《まれ》にだが、被害者側の親族が「処理」に立ち会うときがある。この四階の第二モニタールームとGスタジオは、そのような状況に対応した処理室でもあるのだ。

三階のGスタジオは、一家四人が暮らしていたマンションのリビングダイニングが再現されていた。

いまにも普通の日常生活が営めそうなGスタジオの内だが、リビングの家具にはおびただしい量の血が飛び散り、倒れた男の下にある敷物が、黒ずむほど血を吸っていた。ハーフミラーのガラスを通しても、鮮血の赤みがはっきりと判る。血の発する金臭《かなくさ》い匂いまでも、感じられそうだった。

ドールが現れ、切っ先から血を滴らせる日本刀を握って、ターゲットへと近づいた。

今日の彼は、胸元がスクウェアカットになった白と黒のタンクトップに、バイク柄のスポーツブリーフと革のブーツといった姿で、いつものサングラスを掛けている。下着姿だが、それにも意味があるのだ。

倒れていた男は、危険を察して身動いだ。

痛みと出血と恐怖で強張った身体を必死に動かし、床を這いずって逃げるのだが、ドールに行く手を塞がれると、喚きだした。

「や…やめれ、やめれ、もうやめれ――っ」

デスクのコンピューターに向かっていた鷹司が、モニタールームに入ってくる音声を消したので、桜庭はターゲットの声を聞かずに済んだが、切羽詰《せっぱつ》まった叫びは想像することができた。

「死ぬっ、死んじまうっ！　やめれっ、もうやめてくれぇ」そう男は喚きながら、血まみれの両手を顔の前に翳し、ドールが振りあげた日本刀を避けようと無駄な努力をしていた。

家具であふれたリビングのなかでは、長い日本刀はむしろ扱いづらく、不利になる。

ドールがターゲットに向けて振りおろした刀は、男には当たらず、勢いよく木製のテーブルにあたってしまった。

「アッ」

思わず桜庭は声を洩らしてしまい、手摺から離した手をガラスにつけて、覗きこむような姿勢になっていた。

桜庭はドールの失敗を心配したのだが、振りおろした刀がテーブルに食い込んでぬけなくなるというのも、あらかじめ決められていた動作だった。

日本刀が使えなくなったドールはキッチンへ行き、シンク扉の内側からディンプル加工のされたステンレス包丁を取って戻った。

ドールの動きを目で追っていた男の顔が、驚愕によって異様な歪《ゆが》み方をした。

続いて、顎が外れたかと思われるほど大きく開いた口から、あらたな悲鳴がほとばしりでた。

男は、ドールが持ちだしたものと同じタイプの包丁を使い、子供とその父親を殺したのだ。

音声を遮断しているために、モニタールームの桜庭にはなにも聞こえないのだが、男の口の動きから、何を叫んでいるのかが読みとれる。

「わわわ…悪かった。俺が悪かったからっ、殺すな、殺さないでくれっ」

だがタリオの使徒であるドールは、男を赦《ゆる》しはしない。

手にした包丁で、男の身体を狙った。

桜庭は目が離せなかった。そればかりか、男の肩口に切っ先が入った瞬間、自分が刺されたかのように、びくんっと反応を起こしていた。

痛みはないが、自分の身体の内側にも、なにか鋭いものが入り込んでくるような重みを感じたのだ。

肩口を刺し貫かれた男の方は、血しぶきをあげながら床を転げ回っている。

家具が邪魔だが押しのけることはせずに、ドールはあえて障害物として使用しながら、男を追いつめてゆく。

「かっ、かんべんしてくれっ、もう勘弁してくれっ、死んじまううぅ…」

男の叫びが、桜庭には見える。すると、声になって、頭の裡で響くのだ。

「やめれええぇっ…」

逃げる男を追い詰めたドールが、今度は背中から包丁を突きたてた。

「ぎゃあっ！」

桜庭は男の喚《わめ》きを聞きながら、ドールが手にした包丁をゆっくりと引き抜くのを見た。

床上の男は、うつぶせに倒れたきり動かなくなった。

「桜庭くん――…」

男が死んだのかどうかが気になり、眼を凝《こ》らして覗きこんでいた桜庭は、鷹司に声を掛けられて、はっと我に返った。

デスクのＰＣで、ドールとターゲットの様子をチェックしていた鷹司が心配してきたのだった。

「…大丈夫か？」

鷹司は、寄り添うように桜庭のかたわらに立つと、顎に手をかけ、自分の方へと貌を向かせた。

「平気です。まったく問題はありません」

桜庭はあっさりと答え、自分の顎を掴んだ鷹司の手を外させ、彼の指先に軽く口づけした。

嘘ではなかった。Ｇスタジオで繰り広げられる血まみれの「処理」を見ていても、拒絶反応はでなかった。少し前まで、血だけでなく赤い色を見ても動悸《どうき》が高まり、息も出来なくなって気絶していたのが信じられないくらいなのだ。

ドールがテーブルに食い込んだ日本刀を引き抜いている間に、床に倒れていた男が、よろめきながらも立ちあがった。

まるで、殺しても死なないゾンビのようだ。

「あの男は、団地の一室へ日本刀を持って押し入り、休んでいた女性を殺害した」

心配してきたが大丈夫だと判り、鷹司は自分が請け負ったこの「物件」について話しはじめた。

タリオの幹部同士は横の繋がりが薄い。各自がエントリーした「物件」や「処理」には、後で興味を持つことはあっても、処理中に関わったり、話題にすることはないのだ。

だが、かつて鷹司は彼の使徒であるドールを使って、龍星とルキヤがしくじったファイル№２０１８の「物件」に介入してきた。

そしてこの五月には、鷹司の頼みで桜庭が彼の「物件」に協力し、高額の報酬を支払ってもらった。

恋人同士となった二人は、他の幹部たちとは違い、お互いが擁する使徒ともども日ごろから密接な関係を築きあげていた。

ゆえに、いまも鷹司は、桜庭を処理中の現場へ誘ったのだ。

「途中で、帰宅した小学生の息子と中学生の娘も殺した。夜になって仕事から戻った父親も、日本刀と包丁を使って殺した。やつは、四人が身に受けた傷をいま自分の身体に刻まれている。ドールは、絶命させずにすべてを味わわせてから、やつにとどめを刺す――」

その事件については、桜庭も知っていた。

夜勤明けで寝ていた看護師の女性を、暴行と強盗目的で同じ団地に住む男が襲ったのだ。

男は、脅す目的で自宅にあった日本刀を持っていったが、思いのほか激しく抵抗され、殺してしまった。血まみれになったまま人通りの多い団地内を歩けずに、夜を待って隠れている間に、次々と帰宅してきた家族を手に掛けたのだ。

四人を殺した後、夜の闇に紛れて自宅に逃げ戻ったのだが、蛞蝓《なめくじ》が這《は》ったかのように血の道が被害者の家から男の戸口まで続いており、すぐさま逮捕された。

ところが、犯行の残忍さと、血の道を残して逃げ帰るなどという迂闊《うかつ》さが、却《かえ》って男を助けた。

慎ましく平和に暮らしてきた家族四人を惨殺した男は、無期懲役を言い渡されたが、精神鑑定が行われて心神耗弱《しんしんこうじゃく》を認められ、医療刑務所送りとなったのだ。

ゆえにこの男は、タリオの使徒によって裁かれなければならなかった。

ドールが振るった包丁が、男の頬を切り裂き、鮮血がほとばしる。

次の襲撃を防ごうと必死になり、顔の前に翳していた男の手が、迫っていたドールに当たって、彼のサングラスが飛んだ。

「あ、あ…あ…悪魔っ…」

茶と金のモザイクに見えるドールの瞳に気づいた男が、恐怖の叫びをあげた。

「お前は悪魔だっ！」

聞こえるはずのない男の叫びが、桜庭の頭の裡へ突き刺さってきた。

その言葉は振動となり、脳から身体へ向かって響き渡っていっただけでなく、あろうことか、性的な感覚を刺激した。

桜庭が、自分の欲情をはっきりと感じたとき、かたわらに寄り添った鷹司の存在は切ないものになった。

首筋に息が掛かり、鷹司の体温を感じただけで、桜庭の裡に熾《おこ》った官能が燃えあがりそうになるのだ。

そのうえ、腰を抱かれでもしたら、昂ぶった肉体の変化を、鷹司に気づかれてしまう。

タリオの法が執行されている現場で、慎《つつし》みのない自分を知られたくなかった。

桜庭は、鷹司に不審《ふしん》を抱かせないように注意深く言った。

「どうぞ、あなたはご自分の仕事に戻ってください。わたしはここで、じっくりとドールの手際を見させていただきます。今後の参考のために」

「まさか、次にわたしを刺すときの参考にするつもりではないだろうな?」

揶揄う口調になった鷹司に、桜庭は真面目な貌で答えた。

「もちろん、そのつもりです。先ほどあなたが、そうしろとおっしゃったのです」

「そうだったな。失敗した」

鷹司は笑うと、録画機材とコンピューターのあるデスクの方へ戻っていった。

Ⅳ

独りになってほっとした桜庭は、ふたたびGスタジオへ意識を集中させることができた。

ドールが手にした包丁で男を傷つけるとき、皮膚が破れ、筋肉が苦痛に軋み、血のほとばしる音が、桜庭には感じられるようだった。

男の口が大きく開くと、頭の裡に、喚きたてる言葉と悲鳴が聞こえてくる。

「やめてくれっ、殺さないでくれっ…どうか、どうかっ、頼むっ、頼むからっ！」

だが、脳裏に響く男の声に、桜庭は冷たく答えるのだ。

「お前はそうされて当然の罪を犯したのだ」——と。

男の罪を憎む気持ちが発生源となっている感情だ。

惹きよせられるように、桜庭は前のめりになってゆき、終いにはミラーガラスに手を付いて、Gスタジオを覗きこんでいた。

そうまでして、桜庭はドールの動きを追い、男があげる断末魔の呻きを感じとろうとしたのだ。

タリオの法を執行する者を「使徒」と呼ぶ。

使徒は、タリオの養成機関で徹底的に教育を受けて造りあげられる職人的な殺し屋でもある。彼らを擁する主人《マスター》の幹部たちも、海外の傭兵部隊《ようへいぶたい》に所属し、鍛《きた》えあげられてきた鷹司のような男たちばかりだ。

しかし、桜庭は訓練を受けたことはなく、幹部に登用される前に、養父の執事から拳銃の扱いを習っただけだ。

そして、最初に養成機関から買い取った使徒のミツルを、桜庭は主人として始末しなければならなくなり、実行したという殺しの実績があるだけだ。

ミツルを処分した後、立ち直るのに二年も掛かってしまった。

ゆえに、デスクワーク専門の幹部だったが、ドールが男に罪を償《つぐな》わせている現場を見ていると、桜庭の肉体は、内から熱くなってくるのだ。

つい今し方まで、ファイル№３７５６４のターゲットが輪姦される現場に立ち会っていたときには感じなかった昂揚《こうよう》だ。

桜庭はドールと同調し、自分がターゲットを裁いているような気持ちになっているのかも知れない……――。そう思うと、自分の肉体から魂だけ抜けだしてしまい、ドールのところへ降りてゆくように錯覚する。

Gスタジオのドールは、攻撃の手をゆるめていた。

男が、逃げ出せるかも知れないと儚い望みを抱き、足掻きだすのを待っているからだった。

出血はおびただしかったが、まだ致命的なほどではない。一家が味わっただろう苦痛と恐怖と無念の時間を、最後まで使い切るつもりなのだ。

包丁から刃のこぼれた日本刀に持ち替えたドールが、男の背後に回り、斜めに斬りつけた。

斬られた男は仰け反ったが、よろめきながらも身をかわして後退り、ドールから逃げた。

逃げても無駄だった。

手首を返して刀の鋒を地にむけたまま、ドールは男の右腹から左胸へかけて、一気に斬りあげたのだ。

おそろしいほど仰け反った男が、断末魔の叫びを放った。

ドールが刀を振りきった瞬間、桜庭の目の前に、切っ先の血が勢いよく飛んできた。

突然。

桜庭の脳は感知を拒否したかのように働かなくなり、男の声も聴こえなくなった。

飛び散った血は、ミラーガラスの表面を伝って流れ落ち、手を付いてた桜庭の指にも触れる。

慌ててガラスから手を離した桜庭は、このとき、自分の手がべったりとした血で汚れているのに気づいた。

Gスタジオでは、ドールが日本刀を振りまわして、男をところかまわず斬り刻んでいる。

かつて男が、最後の被害者を滅多斬りにしたやり方を再現しているのだ。

斬りつけた刀を男の身体から引き抜くたびに、血しぶきがあがり、飛び散ってあたりを深紅に染めてゆく。ミラーガラスの表面も、凄まじいことになった。

桜庭は、自分の手についた血と、目の前に飛び散ってくる血しぶきに戦き、後退った。

自殺した実父の身体から流れる血を、手に受けたときのことが想い出されてくる。

聖職者であった実父は、贖罪《しょくざい》の儀式だと言って桜庭に科《か》してきた「秘密」を、桜庭が懺悔したために、自ら命を絶った。

——つまりは、桜庭が殺したも同然なのだ。

「ファーザー……」

離れたところにいたが、鷹司はその声に反応し、駆けよって桜庭を抱きとめた。

「どうした、しっかりしろっ」

鷹司は、呆然としている桜庭に向かって強い口調で声をかけ、顎を掴んで自分へと視線を向けさせようとする。

「わたしを見ろ。わたしを見るんだ、那臣」

名前を呼ばれ、激しく揺すられた桜庭は、はじめてそこに鷹司がいることに気づき、それから自分の手を見た。

——血などは、付いていなかった。

「那臣」

鷹司は心の裡からしぼりだすような声で桜庭を呼ぶと、抱きしめて、口唇を合わせた。

愛と欲望のキスで、いまの桜庭の混乱を忘れさせたかった。

桜庭が、キスに応えて舌をからませてくると、ようやく鷹司は安心して口唇を離した。

「大丈夫か？　ここから離れるんだ」

ミラーガラスを染めた赤い血が動揺の原因だと思い、鷹司は桜庭をソファーへ連れて行こうとする。

けれども桜庭は、鷹司の腕に抱かれたまま振り返り、Gスタジオを臨むミラーガラスを見た。

ガラス壁のあらゆる所に、血しぶきが飛んでいた。

心臓の丈夫なターゲットは、日本刀で斬られるたびに、血を飛び散らせたのだ。

桜庭は、鷹司に抱かれたままできる限り腕を伸ばし、ガラスの内側から飛び散った血に触れ、指をすべらせてみた。

動悸が跳ねあがるかと思ったが、平気だった。

息苦しくもならず、気を失いかける前のふらつく感じも起こらない。

ガラスに手を押しつけていると、自分の手で血に触っているように思える。

あの日。

実父《ファーザー》がナイフを使って自殺したとき――。

あの日のことを桜庭は忘れられない。実父は、ナイフで両手首を切り裂き、さらに首の頸動脈を切っていたが、息絶える前に、桜庭を道づれにしようと腕を伸ばしてきたのだ。

伸ばされてきた腕に足を掴まれたが、すでに手首の腱が切れていた実父は力が弱く、桜庭でもふりほどけた。

だが、手は血まみれになり、渡されたナイフがずしりと重かった。

桜庭は自分の手に、あのときのナイフの存在を感じ、眸に見えるようだった。

血まみれの手にナイフを握っていた記憶がある。

ナイフの重みも、把手《ハンドル》の形も、憶えている気がする——が、曖昧だった。

ふいに桜庭は、心の内側を、誰かに殴られたような衝撃を受け、息が詰まった。

どうして自分がナイフを持っていたのか…。道づれに殺されそうになり、実父から奪いとったのか……。それとも、自分が実父を殺したのか——…。

なにかが、心にひっかかる。想い出そうとすると、息が苦しくなってくる……。

桜庭はそのなにかを探すかのように、Gスタジオへ視線を落とした。

Gスタジオでは、血まみれになった男が、痙攣《けいれん》を起こしながら、床を這っていた。

まだ死なせてもらえないのは、男がそれだけの罪を犯したからだ。

——それだけの罪を犯したのだ。

償って死ななければならない。

桜庭の実父も、自分の死をもって贖った——。

日本刀を提《さ》げたドールが、桜庭をみあげていた。

ハーフミラーのガラスゆえに、スタジオから四階のモニタールームは見えないはずなのだが、ドールには桜庭が見えているようだった。

ブロンズ色の肌に、銀色の爪、ハシバミの瞳を持つ鷹司の使徒。

桜庭のもう一人の情人。

凄惨な現場に立つ彼と視線を合わせ、桜庭は微笑んだ。

腿《もも》の奥深いところにある傷跡——白須につけられた傷が…、熱を持ち、脈打ちだしている。肉欲がたかまってきたせいであり、桜庭は、腿の内側を擦りあわせ、物狂おしげに悶えた。

こうなってしまったのは、鷹司に抱かれているからではない。彼とのキスのせいばかりではない。桜庭を「発情」させるのは、殺されてゆく男が原因であり、飛び散った血だった。

「ソファーで休むといい」

黙って見守っていた鷹司が、声を掛けた。大きな革張りのソファーは、ベッドも同然だ。

「わたし——…」

桜庭は、ガラスの血しぶきから手を離すと、鷹司のネクタイを掴んだ。

背広を着ていてくれれば襟元にしがみついただろうが、とっさにネクタイを持ってしまい、彼を引きよせた。

「どうした？　大丈夫か？」

思い遣ってくれる優しい声。脅すときには恐ろしいが、鷹司の声には深みがあり、男らしく官能的だ。

欲情を抑えたいと思っているにもかかわらず、桜庭は鷹司の声によって、一気に発火してしまった。

「やっぱり……わたしはふしだらな人間です。い…ま、ここで、あなたが欲しくなってしまいました……」

口走るなり、桜庭は掴んだネクタイを手繰って鷹司の上体を自分の方へと引っ張った。

「赦して…我慢できません――…」

上背のある彼をかがませて、桜庭がキスを仕掛ける。されるがままに鷹司は、甘美なキスを受け取ってから、確認するように訊いた。

「ここでいいのか？　それとも、向こうのソファーへ行こうか？」

愛しあうのならば、ミラーガラスの前よりも、大型のソファーの方が都合がよい。もっとも適しているのは、鷹司のオフィスにある仮眠用のベッドだ。

けれども鷹司は、六階までの移動の間に、桜庭が我に返ってしまうのではないかと考え、口には出さなかった。

それに、とうに鷹司の方は、――今日、処理施設に桜庭が居ると知ったときから「ふしだら」なことを考えていたのだから、この成り行きを歓迎していた。

身悶えと喘ぎを起こして、桜庭はすがるように鷹司を凝視めた。

桜庭は、ドールが男を「処理」するところを見ながら、鷹司と愛しあいたかった。

「ここで、いま直ぐ――…いま直ぐです」

握っていた鷹司のネクタイを離した桜庭は、自分が纏っている神父服の白い襟《カラー》に指をかけ、待ちきれないといったふうに脱ぎはじめた。

当然、鷹司も裸になって愛しあうつもりだった。

二人とも、身に纏っているすべてを、脱ぐというよりも、ほとんど剥《は》ぐように取り去った。

V

裸体で抱きあったときも、口づけからはじまった。

両手を拡げて鷹司の頭を包み込んだ桜庭は、暴力的な情熱のこもった接吻を浴びせ、思うがままにむさぼった。

そして、――これをして欲しいのだと訴えるように、自分の舌を性器のように使って、鷹司の口唇へ出し入れしながら、口腔を舐めまわし、振り動かした。

濃厚なキスだけでは満足しない。桜庭は、欲望の入り混じった甘くて熱い吐息を洩らすと、鷹司の背を手摺に押しつけ、猛り昂ぶった男の象《かたち》を確かめた。

すぐにも、彼の灼熱の塊《かたまり》を肉体の内側に迎え入れたかったが、桜庭は跪き、鷹司の男へと指をからめた。

先端に口づけてから、口唇で呑《の》みこむように含んでゆき、銜えきったところで、巧みに舌を這わせ、鷹司をいっそう昂ぶらせようとした。

あまりに桜庭が情熱的であるために、鷹司は戸惑い、穏やかではいられなくなった。

口腔に含んだ鷹司の、すばらしい硬さも、恐ろしいほど上向いた角度も、最大級であると判ると、桜庭もじっとしていられなくなった。

待ちきれずに口唇を離し、今度は自分が手摺に掴まって、鷹司へ腰を突きだして誘った。

脚を開き、手摺に身体をあずけるように前のめりになると、双丘の谷間がひらき、青い陰になった秘所が垣間見えた。

桜庭は、たっぷりと舐めて潤した鷹司の男を、すぐにでも突き込んでもらいたいと思っているのだ。

だが鷹司は、両脇から桜庭の双丘を掴んで、さらに左右へとひらいた。

青い陰になっていた秘所が剥きだされて、ロータスピンクの肉襞《にくひだ》が露わになると、桜庭はぞくりと背筋を慄《ふる》わせ、手摺にしがみついた手に力を入れた。

肉襞を濡らし、物欲しげにひくつかせている様を、鷹司に見られているのが恥ずかしいのだ。

桜庭は泣くように、声をうわずらせた。

「ああ…、お願いします。はやく、はやく——そうでないと……」

見られているだけでも悦《い》ってしまいそうだ。だから早く、早く、鷹司に貫いて欲しかった。

鷹司が、先端を桜庭の秘裂へと押しあてた。

欲しい物を与えられると判って、桜庭の口唇から安堵と歓喜の呻きが洩れる。

そのうえ、鷹司が突き込むと同時に、桜庭は手摺に掴まった両手に力を込め、自分から腰

を衝きあげた。

二人の力が一点へ集まった。

蕾んでいた肉襞が、妖しい花のように咲いてゆく。

桜庭は歓びの吐息を洩らしながら、鷹司の怒張が付け根まで入り込んだ瞬間に、突っ張らせていた両脚をがくがくと慄わせ、達《たっ》していた。

「あう――…」

血しぶきが飛んだミラーガラスの壁に、桜庭の白い蜜がほとばしる。

ところが、背後の鷹司が桜庭の腰前へと手を入れ、指先で、先端のくびれを摘み、圧迫してしまった。

「あう！　だ…ださせてっ」

悦楽の放出を赦されずに中断させられて、桜庭が悲鳴をあげた。

だが鷹司は、親指と中指でくびれを圧迫して押し潰し、さらには蜜を滞す口に人差し指をあて、力をこめて塞いだ。

桜庭は仰け反り、歓びと苦悶が混じりあった甲高い声で呻いた。

「う――うぅぅ…」

快感が逆流して身体の内側に戻ってゆくようだった。

たまりかねて、腰を振って哀願する。

「んっ……んっ……くぅっ…」

けれども、鷹司をうずめこまれた腰は思いどおりに動かず、逆に内奥から、重苦しいほどの快感が起こってきた。

鷹司はあいている方の手で、自分を深々と受け入れている桜庭の腰を、撫でたり揉んだりしながら、悲鳴があがるのを愉《たの》しんだ。

「はっ……はっ……お願い…ああ…はっ……あぁっ……お願い……」

ようやく、鷹司は人差し指を外し、くびれをつぶしている親指と中指を、弛めたり圧《お》したりしだした。

桜庭は、奥深いところから溢れてくる悦楽の蜜液を、鷹司の指先によって塞き止められたり、射出《しゃしゅつ》させられているのだ。

「……はっ……あっ…あぁ…うぅぅぅ……あっ…はぁ……はぁ……ん…」

切なさと狂おしさにのたうちまわり、歔《な》きつづける羽目になったが、鷹司が指を離してくれたときには、これほどの快感を味わうことができたことで、桜庭は感激を覚えていた。

それから鷹司は、桜庭の片方の脚を持ちあげて手摺に膝を乗せると、腰を使いはじめた。

接吻のときに、桜庭が散々に、押したり引いたり揺さぶったりしたのと同じ行為を、そっくり返すことにしたのだ。

二人は下肢で結びつき、一体となって快楽のなかを漂いながら、やがて、二人だけが知っている楽園へと昇ってゆき、肉体の愛に心から酔いしれた。

いつも二人は、歓びの瞬間に、お互いの肉体の奴隷になったような気持ちを味わった。

桜庭は鷹司に所有されて、究極の絶頂を与えられている気がした。

ところが鷹司もまた、完璧な快楽というもので支配され、桜庭に屈服させられている思いがしていた。

最高潮に達した二人が地上に戻ってきたとき、すでにGスタジオではターゲットの「処理」が完了していた。

男の死体も、ドールの姿もなく、清掃専門の職員が後片付けのために集まっていた。

間もなく、職員たちは脚立を使って、血しぶきの飛んだミラーガラスを拭きはじめるだろう。

そうなれば、四階のモニタールームで裸でいるのも落ち着かない。

鷹司は桜庭の身体を抱くように支え、螺旋階段の近くにあったバスルームへ向かった。

愛欲に濡れた身体をシャワーで洗い流し、着替え終わったころには、二十一時近くになっていた。

桜庭は、地下のCスタジオへ戻らねばならなかった。

「君の方の後始末が終わったら、マンションまで送ってゆこう。それとも、龍星が迎えにくるのかね？」

奥多摩町の処理施設へ来るとき、桜庭は龍星に送ってもらったのだ。帰りも、彼らが迎えに来てくれることになっている。

　事故を起こしていらい、桜庭は養父の四ノ宮から運転を止められてしまったのだが、それが理由だけではない。桜庭家には車が一台しかなく、今日は龍星とルキヤがファイル№１０３の「処理」で使っているのだった。

　ゆえに、鷹司が送ってくれるというのは願ってもないことだった。

「ありがとうございます。うちの子たちはまだ処理中だと思いますので、メールで報せておきます」

　桜庭は感謝して言うと、Ｃスタジオの鹿子木祐也と丈森勇人に食事を与えるために、鷹司と別れた。

第二章　タリオの使徒

I

奥多摩町の処理施設を鷹司の車で出た直後に、ルキヤから携帯に電話が架《か》かってきた。

『二十一時三十七分に無事完了。迎えに行かなくていいのなら、これから、鷹司さんのマンションへ行ってもいい？』

「それは、どういうことですか？」

鷹司本人は、いま桜庭の隣にいるのだ。どうしてルキヤが彼のマンションへ行くことを考えついたのか、桜庭には疑問だった。

もしかしたら、自分がCスタジオにいる間に鷹司が連絡したのだろうか——とも思うが、それならばなぜ、彼は自分に言ってくれないのかが判らなかった。

『いまドールと一緒なんだ』

ルキヤが答えた。

『三人でご飯食べてから遊ぼうって…。泊まりになってもいい？』

「ドールがそちらにいるのですか？」

今度はますます判らなくなる。先ほどまで、ドールは桜庭の目の前で、鷹司のターゲットの「処理」をしていた。いつの間にルキヤたちと合流したのか。それよりも、どうしてルキヤたちの居場所が判ったのか——。

『うん、さっき逢ったんだ。来週には香港へ行くらしいけど、いまはオフだって』

声を潜めて、ルキヤが言った。

『僕たちがどの「物件」をいつやるのか、みんな鷹司さんにバレてるんじゃない？』

桜庭も、ルキヤの言う通りだろうと思った。容認はし難いが、起きている事態は納得できた。

「そのようですね。羽目《はめ》を外しすぎないように」

電話を切った桜庭は、運転席の鷹司を見た。

「ルキヤたちが『処理』を終了しました。これから、あなたのドールとマンションへ行くそうですが、どうしてドールは、うちの子たちの処理現場を知っていたのでしょうか？」

いささか気分を害していることが鷹司に伝わるように、桜庭は一言一言、力をこめて発音した。

「彼は勘《かん》がいいからな」

しれっと鷹司が答える。さらに不愉快になった桜庭の声音《こわね》が、尖《とが》った。

「わたしたちを監視しているのですか？」

今夜、処理施設に鷹司が居たのも偶然ではない気がしてくる。だが、さすがにあれだけ大がかりな「処理」を、思いつきで準備できるはずはないと思い、考え直した。

桜庭の苛立ちに気づいた鷹司が、揶揄うことをやめた。

「監視したりはしない。ドールはGPSで君の車の位置を調べ、見当をつけてそこへ向かったのだろう」

鷹司は、桜庭の身体にはIDチップが埋め込まれていることや、日本中のどこを走っていても彼の車の位置は五分以内に見つけられることの他に、四ノ宮の執事である土師昂青《はにこうせい》によってマンション内を盗撮録画されている事実を教えてやりたかったが、怺えた。

——鷹司自身も、それに近いことをやっていたからだ。

「しかし、どうしてですか？　あれだけの『処理』の後、ドールはルキヤたちを探しだして食事をしたり夜遊びをしなければならないのです？」

疲れているのではないかと考えるのは、桜庭だけだった。

「使徒」たちには、クールダウンが必要なのだ。

ハンドルから手を離した鷹司が、人差し指で、痒《かゆ》くもない鼻の先を掻くような仕種《しぐさ》をした。

なにか彼なりに、言いづらいことがあるような、彼にしては珍しいリアクションだった。

「鷹司さん？」

桜庭が促すと、仕方なしに鷹司が答えた。

「わたしが、君を独り占めしているからだ」

桜庭は「あっ」と声を立てそうになったが、指先で口許を押さえただけで留めた。

鷹司と相思相愛になってから、鷹司は自分の分身同然に扱ってきたドールに、桜庭を抱かせなくなった。

せいぜい赦すのはキスと、服の上からの抱擁で、ドールが桜庭の肉体をまさぐりはじめると、邪魔をするのだ。

桜庭の様子から、理解してくれただろうと思って、鷹司は肯いた。

「…そういうことだ」

黙ったまま桜庭は、助手席のシートに深く座り直した。

桜庭は鷹司を愛している。彼を心から必要とし、頼りにしていた。

肉体は彼に愛されることで、昔のおぞましい経験がすっかりぬぐい去られた。

だが桜庭は、ドールに抱かれることも嫌いではなかった。

桜庭の裡の淫蕩《いんとう》な血が、鷹司を愛し、これほど彼で満たされていながらも、別の男からの愛撫をも欲しているのかも知れない――。

鷹司に送られてマンションに戻ったのは、二十三時を過ぎてからだった。

「今夜、君の坊やたちは帰ってこないと思うが、心配しなくてもいい。ドールが一緒だ」

桜庭は肯《うなず》いた。泊まりになると、すでにルキヤから聴いていた。

「あなたに、部屋へあがっていってくださいと言うべきなのでしょうが、少し疲れました。今夜は、ここでお別れです。二人がマンションにお邪魔していると思いますが、よろしくお願いします……」

「判っている。無理をさせて悪かったな」

鷹司が心配そうに言うのを聴いて、桜庭は頭を振った。

「いいえ。わたしはとてもよい経験をしたと思います。五月にあなたを手伝って芝居じみた仕掛けをやったときも面白かったのですが、今夜のように大がかりな「処理」の現場を見せていただけて、参考になりました」

ファイルNo.７７４７の「処理」で、桜庭は鷹司に捨てられるゲイの青年役を、ターゲットの前で演じたのだ。

桜庭は、俯き加減になった。

「それなのに今夜は、途中からおかしくなってしまって……、お詫《わ》びしなければなりません。処理中にあんなことを……不謹慎でした」

いつまでも罪の意識を感じて落ち込み、羞じらっているだろう桜庭の口唇を、鷹司が接吻《せっぷん》でとめた。

マンションの駐車場内で、誰かに見られる心配はなかったので、二人はそのまま、お互いの肺が悲鳴をあげそうになるまで口唇を愉しみ、交接のときのリズムを再現するかのように、舌を出入りさせて契《ちぎ》った。

キスのとき、桜庭は挿入《そうにゅう》の歓びを感じる。鷹司を女にして、自分も女になって、愛しあっているような倒錯的《とうさくてき》な愉しみが、小さな星のように頭の裡で瞬《またた》いているのだ。

長いキスの後、鷹司は潤んだ眸の桜庭を凝視めながら、囁いた。

「わたしは若いころから、明日はなにが起こるか判らない暮らしをしてきた。だから、今日という日にやれることは逃さないし、やりたいことは必ずやると決めているのだ」

「いまのキスも……ですか？」

「そうだ。処理施設で君と愛しあったことも、わたしには必要なことだった。君にも、そう考えて欲しい」

それから鷹司は、大切なことを桜庭に告げた。

「今夜、わたしはこれから香港《ほんこん》へ飛ぶ。マカオまで行くことになるかも知れないが、その後はラスベガスへ行き、福岡《ふくおか》に滞在することになる。すべてが終わるのは一ヶ月ほど先だ」

「海外での『物件』を請け負ったのですか？」

驚いて桜庭が訊くと、鷹司は頭を振って否定し、説明した。

「福岡市がカジノ経営に乗り出すのだが、その関係者とは古い馴染《なじ》みでね。アドバイザーに招かれているのだ。もし、君が望むのならば、一緒に連れてゆけるがどうするかね？」

突然、フライトの数時間前にそのようなことを言われてもムリだった。だいいち、桜庭には処理中の「物件」があり、龍星とルキヤを置いてゆくわけにもゆかない。

ひと月も逢えないと知って動揺したが、桜庭は微笑《びしょう》を浮かべた。

笑うことで、いま感じているショックを自分自身でも和《やわ》らげようとしていた。

「日本であなたの帰りを待っています。どうぞ、無事に戻ってきてください」

かすかに鷹司はため息をついた。残念に思っているのか、それとも、来ないと判ってほっとしたのか、二つのうちのひとつだった。

「別れがたいな。部屋まで送ってゆこう」

次に鷹司はそう言うと、車から降りて、桜庭に寄り添い、エレベーターに乗った。

「そろそろ、わたしと暮らす気にはならないのか？　龍星とルキヤのことを考えているのなら、ば、わたしのところのひとつ下のフロアが空いている。彼らはそちらへ移ればいい」

桜庭をマンションの表玄関まで送り届けたとき、いきなり思い出したかのように、鷹司は言いだした。

「無理です。わたしでは、あのマンションを買うことは無理でしょうし、月々の管理費を支払うのすら大変です」

「なにを言っている。あそこは、わたしがオーナーだぞ、いくらでも融通《ゆうづう》が利《き》く。引っ越してきたらどうだ？」

実は、そのために階下を空けている鷹司なのだ。

「だめです」

無理とはもう言わず、桜庭ははっきり駄目と打ち消した。

「わたしはここで自立して、養子《こども》たちと生活したいのです。あなたを愛していますが、一緒に暮らすことは出来ません」

すこし強く言ってしまってから、桜庭は鷹司をなだめるように両手を握り、——廊下には防犯用の監視カメラがあるために、キスはなしで、別れることにした。

「…愛しています、鷹司さん。早く帰ってきてください。待っていますから……」

「今週中は、ドールだけは日本に残る。なにかあったら、彼に連絡すればいい」

桜庭は、旅立つ鷹司を安心させるように言った。

「あなたがお留守の間、彼と浮気したりはしないと約束します」

鷹司が苦笑まじりに肯いた。

「信じている。では、行ってくるよ」

エレベーターの方へ戻っていった鷹司が見えなくなるまで、桜庭は見送った。

玄関扉を開けて、龍星もルキヤもいない自宅へ入ると、急に寂しい気持ちになったが、まだ桜庭にはやらなければならない仕事が残っていた。

書斎にしているリビングの一郭《いっかく》へゆき、メールをチェックしてから、今日の処理報告書に取りかかった。

途中で一通メールが届き、開けてみると静岡《しずおか》にあるタリオの動物施設からだった。二月にファイル№.３７５６４の「物件」にエントリーしたとき、最終処理に使う獣姦用の犬を動物施設から借りる手筈になっていた。

ところが先週になって、予約していた雄のボルゾイが犬同士の喧嘩で怪我を負ったために、急遽《きゅうきょ》、獣姦ができる別のボルゾイ犬が必要になってしまったのだ。

雄犬ならば、すべて人間を相手に交尾できるわけではない。訓練された犬が必要で、動物施設の職員が、別の候補を探しだして報せてくれたのだった。

長野《ながの》県の戸隠《とがくし》に住む九頭崇友《くずたかとも》が、様々な犬種を多頭《たとう》飼いしていて、協力してくれるとのことだった。

帯状《おびじょう》に表示されたメッセージを読んで、桜庭は慌てた。

【九頭氏にはすでに話を通してありますので、七月二十五日に戸隠へ行き、最終的な打ち合わせをしてください。九頭氏の連絡先は――】

二十五日は明日であり、いま受け取ったメールをよく見ると、本来ならば二日も前に届いていなければならないはずのものだった。

桜庭は急いで旅行の支度を整え、ベッドに入った。

Ⅱ

桜庭が鷹司と愛しあっていた時間、龍星とルキヤの二人は、雨の中でファイル№１０３の「物件」、谷内田武郎《やないだたけお》の「処理」に取りかかっていた。

ファイル№１０３は、すでに七年も前の事件になる。

当時、女子大に通っていた学生が一時期交際していたアルバイト先の男性客谷内田武郎から執拗《しつよう》なストーカー行為と、家族をも巻き込んだ誹謗中傷《ひぼうちゅうしょう》などの嫌がらせを受けて心身ともに傷つき、一家三人が心中するという事件があった。

しかし当時、すでに失職し家庭も失ったことから社会的制裁を受けたとみなされた谷内田は、ストーカー行為は「脅迫罪《きょうはくざい》」、誹謗中傷の怪文書配布《かいぶんしょはいふ》については「名誉毀損《めいよきそん》」で、罰金刑を言い渡されただけに終わった。

七年が経って、谷内田武郎は三十四歳になり、事件は風化《ふうか》してしまったが、タリオの「物件」リストからはファイル№は消えていなかった。

ただし、使徒を擁するタリオの幹部の誰一人として、この「物件」にエントリーするものがなかったために、今まで見逃されてきたのだ。

現在の桜庭たちは、そのような「物件」ばかりを選んでエントリーし、「処理」していた。

それには理由があった。

いぜん、桜庭が擁する使徒の龍星とルキヤとは、処理中にミスを犯し窮地《きゅうち》に陥《おちい》った。そのままでは、龍星とルキヤはタリオの再養成プログラムを受けなければならない可能性があり、桜庭にいたっては、幹部からの降格《こうかく》もあり得るミスだった。

桜庭は、タリオの創設者であり総帥である養父の四ノ宮に泣きついて、懲罰的《ちょうばつてき》な「物件」ファイル№1796にエントリーし、為《な》し遂《と》げることで赦してもらうことになった。

ところが、鷹司がドールを使って一足早く、ファイル№1796を「処理」してしまったのだ。

問題の「物件」がなくなったことで、桜庭を溺愛《できあい》する四ノ宮は懲罰を取り消し、通常の「処理」に戻るように言ったが、それでは桜庭たちの気が済まなかった。

桜庭たちは、自分たちで自分たちに罰《ばつ》を与えることにし、今後一年間は、長くエントリーのない「物件」を選んで請け負い、「処理」してゆこうと決めたのだった。

長くエントリーがないというのは、その「物件」の「処理」で得られる報奨金が安価であったり、時間が掛かりすぎたり、また難度《なんど》が高く危険などの理由がある。

ファイル№37564もそうだが、この№103も、やっかいだが報奨金は安い。タリオの使徒たちは、主人である幹部に命じられたならば仕方なく行うが、そうでなければ「処理」したがらないような、役不足《やくぶそく》といえる「物件」だ。

自分たちの能力の範囲を大幅に下回る、くだらない「物件」だったのだ。

だが、龍星とルキヤは、主人である桜庭を交えて、三人で「物件」に取り組んでいた。「物件」を「処理」すればするほど貧乏になってゆく気がしたが、三人が離ればなれにならずに済み、家族で居られるためには厭《いと》わなかった。

特に、使徒を擁する幹部ともなれば現場に出てゆくことなどないのだが、現在は桜庭も協力している。

今日は、龍星たちの代わりに、ファイル№３７５６４の鹿子木と丈森が輪姦される現場に立ち会っていた。

携帯電話で龍星と連絡を取りながら、ルキヤが配置についた。

武器を携帯する必要がない「処理」のために、ルキヤはレースと蛇柄のキャミソールを二枚重ね着し、ローライズのパンツで臍《へそ》を出して、ミュールを履《は》いている。

ショートの髪のままで化粧も薄いが、愛らしい顔立ちと、あまりに露出的な服装から逆に少年だとは気づかれずに、貧乳の女の子といった感じだった。

『駅から出たぞ、ルキヤ』

「判った」

梅雨明け前の大雨で、いつもよりも夕闇が早い。私鉄の駅を出てきた谷内田の後を、最初は傘《かさ》で顔を隠して、ルキヤが尾行《びこう》した。

七年前の事件で妻子も職場も失った谷内田武郎は、現在は母親の姓である地野《ちの》武郎を名乗っている。名を変え、再就職し、建て売りだが郊外《こうがい》に一戸建てを構えて、母親と二人暮らしをしているのだ。

最近では、交際する女性もいる様子で、自分がかつて犯した罪をまったく忘れ去ったような生活だった。

その谷内田武郎を、現在はルキヤと龍星とが、じっくりと追いつめに掛かっているのだ。

最寄りの私鉄駅から歩いて二十分。新興《しんこう》住宅地の少し急な坂道の途中に谷内田の家はある。バスに乗るほどの距離ではなく、坂の傾斜《けいしゃ》もきついので自転車走行も危ないために、谷内田は毎日歩いて出勤していた。

駅前の繁華街から新興住宅地へ向かうにつれて、人気がなくなり、風景が雨の中で静かに沈んでゆく。新築で売りに出されていた住宅地なのだが、立地条件の悪さなど諸々《もろもろ》の事情があって、売れ残っている家も多いのだ。

灯《あか》りのつかない空き家《あや》が、町をいっそう寂しい風景に変えている。

ルキヤは傘を閉じて全身ずぶ濡れになり、ミュールの足音を響かせながら、谷内田を尾行した。

谷内田の方は、梅雨に入ったころから、それとなく人の気配を察し、異変を感じていた。

それが今夜、ずぶ濡れの女が自分の背後から歩いてくるのを見て、ぎくりとなった。

ミュールを響かせながら、ルキヤは歩調を速め、谷内田を追い越した。

追い越す際、谷内田が真横に来たときに首だけ彼に向けて、「こんばんわ」と挨拶をする。

変な女が行ってしまいほっとした谷内田は、次に背後からしとしとと近づいてくる若い男の気配を感じることになる。

龍星は黒ずくめのスーツに、グレイのシャツの襟を開いて、ホストのような姿だ。

透明なビニール傘を差しているが、谷内田が振り返ると、傘で顔を隠すようにする。しかし、透明なビニールの向こう側から、見ていることは隠さないのだ。

ますます落ち着かなくなった谷内田が、歩調を速めて帰路《きろ》を急ぎだすと、龍星も歩調を速めて追った。

ついには谷内田は走った。

すると龍星も走った。

谷内田は、自分の家にはまだ着かないが、三叉路《さんさろ》になった脇道に走り込み、塀陰に身を隠しながら傘の尖った先を男が来る方向へ構えた。

ささやかだが、武器のつもりだった。

ところが、男はいつまで経っても来ない。尾行されていると思ったのは自分の錯覚だったのだ。そう思い直し、自宅へと通じる道へ戻ろうとして、ミュールの足音を聞いた。

振り返った谷内田は、雨にけぶってぼんやりと光る街灯《がいとう》の下に、ずぶ濡れになった女が立っているのを見た。

「うわっ」

叫んで走り、一気に自宅へと向かう。背後から、ミュールの音が追ってきた。

振り切るように走って、自宅の門灯《もんとう》が見えて一息ついたところで、先ほどの男が門から少し離れた場所に立っているのが見えた。

「け、警察っ」

懐《ふところ》から携帯を取りだした谷内田は、素早く110をプッシュし、二度のコールで警察が出てくれたのに縋《すが》りついた。

『もしもし警察ですが、なにかありましたか!』

谷内田は、警察官のきびきびした声を聴いて、突然七年前の自分を思い出し、我に返った。

「すみません。間違えましたっ」

とっさに謝って電話を切り、どっと噴きだした額の汗を手の甲で拭く。汗なのか、雨なのか判らないが、手はびしょ濡れになった。

警察に電話を架け、「変な男と女に尾行されてる」などと告げようものならば、七年前の事件が蒸し返され、いまの生活を掻き乱されてしまうのだ。

この数秒、携帯電話に意識が逸れていた間に、男も女も消えていた。

急いで門扉をあけ、谷内田は安全だと思われる自宅へ走り込んだ。

食事の仕度をして待っていた六十歳になる母親が、ずぶ濡れの息子を見て驚き、玄関に立たせたままタオルをとってきた。

「お風呂に入ったら？　どうせパンツまで着替えなきゃ夕飯も食べられないでしょ。ああそれとね、昼間、あんたに世話になったたっていう会社の人が、菓子折《かしおり》を持って訪ねてきたわよ」

言われたが心当たりのない谷内田は、さらに詳しく話を聞いた。

来たのは若い男女で、谷内田の勤める工務店での部下だという。仕事で失敗したが、谷内田が庇ってくれたので感謝していると話したらしい。まったく心当たりがなく、置いていったという菓子折を開けてみて、谷内田は飛びあがりそうになった。

紙箱に入っていたのは菓子などではなく、すべて、谷内田の写真だったからだ。

「なんなのよ、これ？」

息子と菓子箱のなかの写真を交互に見ながら、母親が後退ってゆく。母もまた、七年前の事件を思い出したのだ。

「部下ってどんな奴だった？　男女って言ったよな、母さん」

狼狽《うろた》えながらも、母親が思い出して口にした男女の特徴は、雨の中で自分を付け回していた二人と一致する。

ぞっとした谷内田は、玄関の鍵を念入りにかけてから、勝手口《かってぐち》の鍵も確認してくるように母親に言い付け、菓子箱を持ったまま浴室へ向かった。

警察にいうべきか、それとも探偵でも雇うべきか――…。

とにかく着替えのために脱衣所に入り、洗濯機の上に菓子箱を置いて、濡れた衣類をぜんぶ脱いだ。

腹立たしかった。あいつらの所為《せい》で、ずぶ濡れになってしまったのだ。だがあいつらも、ずぶ濡れだった。そして、まだ雨は降っている。先ほどよりも、雨音がいっそう激しくなった気がした。

いや、この雨音はいくらなんでも喧しすぎると思い、谷内田は窓の方を振り返って息を呑んだ。

閉まっていたはずの窓が、少しだけ、開いていたのだ。

「か、かか母さんっ！」

情けない声で母親を呼んだ次の瞬間に、洗濯機の上に置いた携帯電話が、一度だけ鳴って、切れた。

谷内田は恐怖のあまりに悲鳴を放ちかけたが、口を開けただけで、声はでなかった。あまりにショックを受けたときに、しばしばそういう沈黙の悲鳴を人は放つのだ。

携帯電話のディスプレーには、憶えのない番号が表示されている。とっさに谷内田は、リダイアルボタンを押し、犯人を突き止めてやろうとした。

待っていたかのように相手は出た。あの女か、男か——。しかし、荒い息づかいが感じられるだけで、声は聞こえない。

谷内田は飛びつくようにして開いている窓を閉め、鍵を掛けると、台所にいる母親に向かって叫んだ。

「母さん、戸締まりしろっ、家中の鍵かけて戸締まりしてくれっ」

叫んでいるうちに、谷内田はその自分の声を、携帯電話の受話器から聞いた。

自分がいま電話を架けた相手は、この声が聞こえるほど、ものすごく近くにいるのだ。

肌を噛まれるような寒気《さむけ》が襲ってきた。

Ⅲ

「びびってたな」

車に戻ってきた龍星が、助手席側から入り、先に戻っていたルキヤに言う。後部座席《こうぶざせき》で、濡れた服を着替えていたルキヤが、龍星にタオルを渡した。

「あいつ、警察には届けられないだろうから、これからどうするかだね…」

窮屈《きゅうくつ》そうにしながら、龍星は上着を脱いだ。

助手席には、あらかじめビニールが被せてあり、濡れたまま入ってもシートを汚さないようにしてある。ワゴン型の車ならばこんな不自由な思いをせずに濡れた衣類を着替えられるのだが、桜庭家は現在経費節減《けいひせつげん》ゆえに、ワゴン車をレンタルできなかったのだ。

新しい服に着替えて、濡れた上着の胸ポケットから携帯電話を取りだした龍星が、桜庭からのメールに気づいた。

「桜庭さんが、処理施設で鷹司さんと逢ったから送ってもらうとさ。俺たちは、迎えに行かなくてよくなっちまった…」

心配と不満を感じている龍星を励《はげ》ますように、ルキヤが明るく言った。

「施設で？　だったら鷹司さんたちも処理中だったのかな？　それともまた、桜庭さんのストーカーしてて、処理施設まで押しかけちゃったとか？」

ストーカーと口にしたルキヤが、自分の感じていた疑問を、つい口にした。

「でもさ、僕たちって、谷内田の処理方法を間違えてないかな？　なんだかホラー系になってる気がするけど…」

それは龍星も思っていたことなので、苦笑した。

「やり方をもう少し考えないとならないな」

ファイル№１０３の「処理」は、谷内田武郎が女性をストーカーしていたと同じだけの時間、――約六ヶ月間にわたって、断続的に行われる予定なのだ。

被害者は一家心中してしまったが、ルキヤたちは谷内田を追い込んでゆくだけで、その結末に死があるのか、狂気があるのか、はたまた開き直るかは、彼に選ばせることになる。

「正しいストーカーのやり方？　だったら、鷹司さんは桜庭さんを送ったついでによってくかも知れないから、訊いてみるとか？」

桜庭に惚れている龍星には、おもしろくない提案《ていあん》だったので、却下する。

「他人に知恵を借りるわけにはいかない」

「そうかな……ドールも来るかな？　みんなで夕飯食べればいいじゃない」

最近、ルキヤの考える一家団欒《いっかだんらん》には、鷹司家の二人も混じっているのだ。

そこへ、いきなり車の運転席側の窓ガラスが外側からノックされて、ドアが開いたので、龍星とルキヤは飛びあがりそうになった。

外は暗闇で、かなり激しく雨が降っている。さらに、気を抜いていたとはいえ、誰かが近づいてきていることになんの気配も感じていなかったからだ。

勝手にドアを開け、運転席に滑《すべ》り込んできたのは、鰐革《わにがわ》のタンクトップを着たドールだった。

「ド、ドールッ！」

二重唱で叫んだ龍星とルキヤを、ドールが笑った。

「ナニ？　そんなに驚かせたかな？　もう『処理』は終わったのなら、これからオレと遊びに行かないか？」

「なんで、僕たちが『処理』してたって判るのさ」

いま自分たちがドールについて噂していたことは黙って、ルキヤは怒った。

「それくらい判るよ。けれど…なぜ、選《よ》りに選ってファイル№103を引き受けたりしたのかな？　なにかの罰ゲームかい、ソレ？」

面白くなさそうにルキヤが答える。

「そ、自虐的《じぎゃくてき》な罰ゲーム。もとはといえば、ぜんぶドールのせいだからね」

突然にルキヤが、ドールを責めはじめ、龍星もまた同調した。

「確かにな、すべての発端《ほったん》はお前だ、ドール。お前が俺たちのしくじった金石祐司《かないしゆうじ》を勝手に片付けてくれたのが始まりで、その失敗の償いとして引き受ける約束になってたファイル№1796も、横から先に『処理』しちまったのが悪いんだ」

ドールは、龍星とルキヤが問題にする「処理」を想い出し、さらに二人の知らない事実があるのだが、黙っている。

「だから僕たちは、今年一年はこういう、誰もやりたがらない『処理』をすることにしたのさ。自分たちで罰を決めたの」

「殊勝《しゅしょう》だね。桜庭サンらしいな――…」

ドールが笑いだしたので、龍星とルキヤはまたムッとなった。

だが、すべての発端は、龍星とルキヤが、ファイル№2018のターゲット「金石祐司」の「処理」を失敗したことなのだ。

龍星とルキヤはそれを判っていながら、こうやってドールにからむのは、もう彼とは親しく、特別な間柄になっているからだった。

冗談や憎まれ口をきいて、久しぶりに逢えた歓びを確かめあっているようなものなのだ。

勝手に運転席に座ったドールが、龍星に向かって手を出した。

「オレにキーを貸して。食事のあとゲームでもしてから、ウチのマンションに泊まるのはどおかな？」

「鷹司さんのいるところへ？」

ルキヤが訊き返して、桜庭からのメールを思い出した。

処理施設から鷹司は桜庭を送ってゆくことになっている。彼ならば、送って行ったまま帰るはずがなく、マンションへ上がり込んで――の可能性が大きかった。

同じ想像をしていたのか、キーを渡した龍星が嫌な顔をする。そこへドールが、あっさり言った。

「今夜、オレのマスターはプライベートジェットでホンコンへ行くから、桜庭サンのマンションへは入らない。送ってくだけだよ。オレも来週は合流する。ヒト月は帰らないから、ルキヤたちと遊びたかった」

敢《あ》えてドールは、「それにもう二人は処理施設で愛しあっていた…」とは言わないでおいた。

「香港に一ヶ月も『処理』にいくの？」

意外な地名を聞いて、ルキヤが叫んだ。

「そう、ホンコン。去年できたカジノで大がかりなサギがあったから、マスターは頼まれて協力する。フクオカにも公営《こうえい》カジノができるから協力するよ」

過去には紆余曲折《うよきょくせつ》もあったが、現在は法が整備されて、東京《とうきょう》と大阪《おおさか》、それから新潟《にいがた》県の佐《さ》渡《ど》市に公営カジノが設置されている。福岡市も名乗りをあげているのだ。

「ギャンブルも得意だったの？」

「そう、マスターにできないことはヒトツだけ。妊娠《にんしん》することくらいだよ」

龍星は苦笑しただけだが、ルキヤはドールの冗談を受けて軽口を叩いた。

「あの人だったら、桜庭さんを妊娠させちゃうかもね」

眉をひそめた龍星が助手席から腕を伸ばして、ルキヤの髪を引っ張った。

「わあっ！　やだ痛いっ！　桜庭さんに電話しなきゃ、放してよ、放せったら龍星っ」

じゃれあっている猫のような二人を乗せて、ドールが車を発進させた。

ようやく龍星が髪を放したので、ルキヤは自分の携帯から桜庭へ電話を架けた。

「二十一時三十七分に無事完了。迎えに行かなくていいのなら、これから、鷹司さんのマンションへ行ってもいい？」

『それは、どういうことですか？』

「いまドールと一緒なんだ。三人でご飯食べてから遊ぼうって…。泊まりになってもいい？」

『ドールがそちらにいるのですか？』

驚いたのだろう。桜庭の声は喉が詰まったような感じだった。

然もありなんと、ルキヤは声を潜めた。

「うん、さっき逢ったんだ。来週には香港へ行くらしいけど、いまはオフだって」

狭い車の中で、声を潜めても聞こえているだろうが、とりあえず、さらに声を小さくして、ルキヤは言ってみた。

「僕たちがどの『物件』をいつやるのか、みんな鷹司さんにバレてるんじゃない？」

微《かす》かなため息混じりの声が、答えた。

『そのようですね。羽目を外しすぎないように』

「うん。心配しないで…」

ルキヤは電話を切った。

Ⅳ

床に敷いたラグに座った龍星とドールが、ウオッカを加えてアルコール分を増したサングリアを呑む前で、ルキヤは一枚ずつ着ている服を脱ぎはじめていた。

桜庭が日常的に神父服を纏っているように、まだ肉体が男になりきれていないルキヤは、女物の衣服を好んで着る。

ただしルキヤは、キャミソール風の露出が激しいものから、ゴシックロリータ調のドレスまで着こなして雰囲気を醸し出せるのだが、中身が少年の肉体であるために、性的な魅力には乏しかった。

もっとも、それはそれでコアな趣味人には堪らないだろうし、ルキヤの外見だけでなく、具合のよさ、激しい性質を知っている龍星とドールにも、少年《かれ》は愛らしいだけの存在ではなかった。

ルキヤには、気を抜いた方が、支配され、所有されてしまうと思われる危険と魅力が混在しているのだ。

それは、桜庭にある媚薬《びやく》的なもの、彼に惹かれたら最後、中毒になって離れられなくなるというタイプとは、少し違う。ルキヤの魅力は、愛しあうときでも必要とされる緊張——かも知れなかった。

タリオの使徒である彼らにとっては、危険と緊張に、快楽を混ぜたカクテルはとりわけ美味なのだ。

特に「処理」の後は、食欲と性欲が高まっている。

迎えに来たドールの予定では、食事は鷹司行きつけの店で済ませ、その後でアミューズメントセンターでゲームでもしようかというものだったが、龍星とルキヤの提案で変更になった。

龍星とルキヤが、自分たちで夕食を調理すると言ったからだ。

普段、処理から戻ると、桜庭が夕食を作って待っていてくれる。ほとんどの場合、桜庭の料理は料理本のグラビアそのままで、サラダも彫刻のようだったが、「家で食事を摂《と》る」という行為が、二人は好きだったのだ。

そしてドールも、レストランでの外食よりも、二人の手料理といってもカレーだったが、そちらの方を喜んだ。

料理は、処理の後に、ゆっくりと日常へ戻ってゆくためのクールダウンには最適な行為であり、食卓を囲む一家団欒はドールにとっては滅多にないことだったからだ。

龍星が材料を剥き、ルキヤはサラダとスープの担当、ドールはワインに果物を加えたサングリアをピッチャーに作った。

圧力鍋《あつりょくなべ》で煮込んだカレーができあがったところで、最後の仕上げに、ドールがマカの粉末を振りかけた。

食後、三人はドールの私室へ行ったが、カレーに混ぜたマカが、ルキヤをハイにしていた。

ルキヤは、適当に歌を創《つく》ってメロディーを口ずさみながらストリップをはじめ、ピンク色のタンガだけになってしまうと、ベリーダンサーのように腰をくねらせた。

前方の膨らみと、細い紐が食い込んだ剥きだしの双丘を見せつけ、欲情を煽っていたルキヤだが、二人の手が伸びた途端に、急流の魚のように身をかわして逃げた。

「雨に濡れたから、髪の毛とか洗わないと傷んじゃう」

飛び退《の》いたルキヤは、口実をつくって、部屋の半分ちかくを占めるガラス張りのバスルームへ滑りこんだ。

ドールの私室に入るのは、龍星とルキヤにとっては二度目になる。宿泊するのは、今夜がはじめてだ。

ルキヤに言わせると「大げさな」、龍星に言わせれば「勿体ぶった」部屋ばかりが並ぶ鷹司邸のなかで、ドールの私室は、白い壁とガラスで組み立てられ、病室のような雰囲気があった。ドールが独りで使用する部屋ゆえに、いままでは差し障りもなかっただろう。だが、ガラス張りのバスルームは、シャワーを浴びるのも、歯を磨くのも、トイレを使うのも、丸見えになってしまうので、龍星とルキヤが宿泊するには、いささか気になる課題だった。

いまは、ガラス張りであることを、ルキヤは最大限に利用した。

大型のバスタブに入ったルキヤは、シャワーを浴びてから、ボディソープで身体を洗いはじめ、自分を見ている二人に悪戯《いたずら》を仕掛けたのだ。

洗う素振りで、白い泡の合間からピンク色の先端《グランス》を覗かせ、見せつけてやった。

さらには、後ろを向いて双丘を突きださせ、泡にまみれた指で肉襞の窪《くぼ》みをなぞっただけでなく、右手の中指を挿入させ、ガラスの向こう側の二人を煽った。

ルキヤの口唇と同じ色の肛襞《にくひだ》が、出入りする指にからみついて、めくれでてくる。二人に見せながら、ルキヤはもう左手の中指を自分の口唇で銜え、同じように動かした。

「あ…のお、馬鹿っ！」

あまりに卑猥《ひわい》な煽り方に、龍星が怒ると、ドールが言った。

「はやく行ってルキヤを止めないと、独《ひと》りでイってしまうよ」

それは、先に龍星がルキヤと愛しあえという、ドールからの言葉だった。

欲望で下肢を膨らませていた龍星は、当然のように、遠慮しなかった。

すばやく、着ているすべてを脱ぎ捨てると、隆起《エレクト》した下肢を堂々と見せつけながら、バスルームに向かった。

入ってきた龍星の首にしがみついて、ルキヤがキスを浴びせる。

龍星はルキヤを身体から引き剥がすと、ドールの方へ向けてガラスに両手を付かせ、片足をバスタブの縁に掛けさせた。

強化ガラスは、ルキヤが力を入れても割れる心配はない。その姿勢で、龍星は背後からルキヤの双丘を掴んでひろげ、昂ぶった先端を押し込んだのだ。

「……！　……はっ……うぅっ……うぅうぅっ……」

愛撫もなく、自分の細い指で慣らしただけの肉襞を貫かれた瞬間が、ルキヤにとっては一番苦しかった。

頭冠の広がりが、肉襞を通りぬけるまで、ルキヤはガラスに付いた両手を突っ張らせてのけ反っていた。

けれども、もっとも幅の大きいクラウンが挿り込んだ後は、バスタブに乗せた脚の、立てた膝頭をがくがくと慄《ふる》わせながらも、龍星を受け入れていった。

「はぁあっ、はあっ、きついっ……ふっつ………くっ……う……」

むずかるように、ルキヤが呻き、恨みの声をあげた。

「……くうぅぅ………っつ…馬鹿っ、いきなり全部挿《い》れるなんて無理、あぁぁ……、裂けちゃうっ」

ルキヤの尻丘《しり》を、龍星が平手でバシッと打った。

「ひあっ！」

悲鳴して、ルキヤは仰向いたが、下肢の先端からも、ピンク色の頭冠《せんたん》がのけ反るようにして顔を剥きだした。

「お前は、こういうのも、悦《い》いんだろう？」

バシッともう一度、龍星がルキヤの尻を打つ。わめき声をあげたルキヤだが、完全に先端の円《まる》みが露出《ろしゅつ》してしまい、透明な滴《しずく》を飛ばした。

「…っはん……や…だぁ……裂けちゃうって、……っつ…龍星っ！……くっ………いっ…」

感じているが、まだルキヤの肛襞は龍星の太さに馴染んでおらず、肉筒は侵入に喘ぎ、内奥は軋《きし》んだままだ。

そこを打たれるたびに、反射的に肛門が締まってしまうので、ルキヤは切ないのだ。

打ちのめす龍星の手のひらが、熱い。ルキヤが、打たれるたびに悲鳴する。

「ひっ…あぁぁ…ああんっ…はぁ……んっ……ああっ…ああっ……あっっ」

だが龍星は知っている。その切ないのが、ルキヤは好きなのだ。

「ドールを見てろ、ルキヤ」

言われて顔をあげたルキヤは、いつの間にか、ドールがガラス壁を一枚隔てた場所に立っているのに気づいた。

「う…うん……」

ガラス越しに、ルキヤがドールと視線をあわせる。ドールが、サングラスを外して、普段は見せないハシバミ色の眸でルキヤと向かいあった。

ルキヤがガラスに付いた両手をひらく。ドールがそこへ自分の両手をあわせた。分厚いガラスを通して、感じるはずのないお互いの熱が指先から入ってくる。

龍星がルキヤの腰を抱えて、動きだした。

「……はぁっ……あああぁんっ…んんっ……んあああぁぁ…」

肉筒《にくつつ》の壁を刮《こそ》げるように引き摺《ず》りでてゆく龍星に、ルキヤが泣き声をあげる。いったんすべてを引き抜いてから、龍星はまたルキヤをこじ開けた。

「あうううっ」

頭を振ってルキヤが悶える。そこを容赦なく、龍星はクラウンで押しひろげ、肉筒を擦りあげ、内奥へと突き込む。

「はあうっ！　………はぁ………ああっ………ふぅっ………っはうっ……」

涙目《なみだめ》になってのけ反るルキヤだが、龍星の抽《ぬ》き挿《さ》しを二度、三度と繰り返されてゆくうちに、快感が目覚めてきた。

「……はっ……あぁぁ……」

強引な摩擦《まさつ》を、ルキヤの肉体が愉しみだした。

男の力を漲《みなぎ》らせた龍星は、自信に溢れた突きと、周到《しゅうとう》な動きでルキヤを責めたて、歔《な》き喚かせはじめた。

「……！　……はっ……うぅっ……はぁ…あぁん…」

昂ぶりきっていたルキヤの先端から、悦楽の蜜液がほとばしり、ガラスの壁に飛び散ってゆく。

ガラスを間に挟んで、ルキヤの身悶えを凝視《みつ》めながら、ドールは桜庭を想い出していた。

Gスタジオの上にあるモニタールームで、背後から鷹司を肉体に受け入れて、切なげに悶えていた桜庭の姿が、ルキヤと重なる。

桜庭は限界まで快感を怺えようとして、どうにもならないことになり、啜り歔《な》きが止まらなくなるが、ルキヤは最初から全開で、苦痛にも快感にも反応する。

淑《しと》やかな淫乱と、愛らしい淫乱。

ドールにとっては、どちらも愛おしい存在だ。

同時にドールは、龍星とルキヤが、自分と桜庭の関係を知らないことを考えた。

桜庭も、ドールが龍星とルキヤとも肉体の関係を持っているとは知らない。この三角関係を、鷹司は黙認しており、ドールは自分から口にするつもりは毛頭なかった。

バスルームでは、龍星に最後の痙攣が起こっていた。

ガラスに両手を付いたルキヤの方は、肉奥の刺激に心を奪われ、うっとりした眸でドールを凝視めていた。

可愛らしい貌が快楽に歪んでいるのも、ドールの情欲を掻きたてる。

ガラスから手を離して全裸になったドールは、バスルームへ入り、龍星の腕からルキヤを受けとった。

「ドール……」

ルキヤをバスルームのコルクタイルの床に跪《ひざまず》かせたドールは、腰を掴んで持ちあげ、龍星によって歓喜を味わった秘所を眺めた。

恥ずかしいところを見られているのが、ルキヤには新たな昂奮となって、反応が起こってくる。前方の昂ぶりが切なくて、小さな可愛い腰をもじつかせていると、いきなりドールが灼熱の塊をあてがった。

床で四つん這いになったルキヤが息を詰める。

ドールは、ルキヤの腰を両脇から掴んで、引きよせるのと、自分の腰を挿入のために前方へ突き進むのを同時に行った。

「……ひっ……あああ！　………」

二つの動きが合力となって、ルキヤは肉体の内側にバチバチと火花が散ったような衝撃を受け、ふっと気が遠のいた。

だがルキヤは、気絶することはなかった。

次の瞬間、「ぶわぁあっ」と快感がひろがって、肉体の内から堪らないことになり、歓喜の声をあげたていた。

「んんっ………んあああぁぁ…………」

掴まれて動けない腰を、それでもめちゃめちゃに揺すって、ルキヤが喚いた。

「ドールッ、ドールッ、あくぅ……んんっ……はっ…はぁっ……あぁっ…いま…のいまの…悦《い》い……」

バスタブで身体を洗おうとしていた龍星が、眸を瞠《みは》る。

ブラウン色のコルクタイルに、ルキヤが漾してしまった白蜜が散っていた。

「ああぁん…ドール、ねえ」

腰を揺すってねだるルキヤに、ふたたび下肢を退いたドールが、長く、硬く、熱く、恐ろしく反り返ったすべてを、一気に味わわせた。

「……うぐぅううっ！」

焼けつくような快感を味わい、ルキヤは、びくんっと跳ねあがったように腰を悶えさせてから、いつまでも余韻《よいん》に浸って、うっとりとした声を洩らし続けた。

「……あ……あ……はぁ……んんっ……ああんっ……」

ドールの方は、ルキヤの官能を操るかのように、緩急《かんきゅう》をつけた抽き挿しへと切り替え、じっくりと高まってゆこうとしている。

龍星とドールによって続けざまに極まったルキヤが、今度は自分からも腰を前後に動かし、より深く、目眩《めくるめ》く快楽をつくりだそうとしはじめた。

ルキヤの内奥は、熱くて、狭くて、からみつき、捩るようにドールを締めあげてくる。

気を抜くと、ドールはすぐにでも、ルキヤに気を持っていかれそうだった。

華奢《きゃしゃ》な肉体のどこに、これほどの情欲とエネルギーが眠っているのかと驚かされるほど、ルキヤは生き生きとドールを攻めたてるのだ。

桜庭の内奥は、蠢きながら搾りたててくるが、ルキヤの筒襞《なか》は、ドールの男を捩り切ろうとでもするかのよう締めつけてくる。

ドールは、床に四つん這いにさせていたルキヤから引き抜いた。

「……くぅ……あっ……あふっ、はっ……」

双丘をくねらせる少年の身体を抱いて、ドールはバスタブへ移ると、龍星の腕に抱かせた。ルキヤが、龍星と口唇をむさぼりあいはじめる。その背後から、ドールは少年の双丘をひろげて男をあてがい、一気に突き込んだ。

「ん——ふっ……んくっ………」

龍星にしがみつき、彼の腹部に少年の象を打ちつけながら、ルキヤが呻いた。

三人が密着して動けるように、ドールがバスタブに横たわって腰使いをはじめると、龍星はルキヤの口唇を奪ったまま、腹部で触れあった男同士の先端を擦った。

「ふっ…ふぅ……ふぅ…んんっ…んくっ…」

口唇と肛門を塞がれ、前方を刺激されるルキヤは、波打つように腰を弾ませながら、歓喜を歌いだした。

V

加減を知らない二人を相手に、過激なセックスを愉しんだルキヤは、深く沈んだベッドから起きあがりたくなかった。

疲れているのは龍星も同じで、二人は自分たちのマンションの、自分たちの部屋のベッドに

いるときと変わりなく、重なりあって眠る猫か犬の兄弟のようにからまったままでいた。

いつまでもベッドにいたかったが、さすがに九時ちかくなると空腹を感じて、眠っていられなくなった。

ルキヤが身を起こすと、彼に腕枕していた龍星も、起きあがった。

「ドールは？」

三人一緒に寝たはずなのに、ベッドにドールの姿がない。もう起きているのだ。

彼が用意してくれたガウンを龍星は身につけ、ルキヤはドールのTシャツを着て、インナーのタンガだけ穿《は》いた。

周囲を見たが、ガラス張りのバスルームにもドールが居ないので、二人は部屋から出て、彼を探すことにした。

鷹司のマンションには、何度か来たことがあるので、間取りはだいたい判っている。それでまず、二つあるリビングの内の、ダイニングルームに近い方へ行ってみた。

ダイニングルームからキッチンを覗いたが、ドールの姿はなかった。その代わりに、アルコーブ型の朝食専用の部屋に、食事が用意されているのが見えた。

ベーコンの乗った目玉焼きの皿に、マッシュポテトとニンジンのグラッセ、インゲンが添えられ、パンと卓上用トースターの横には、カードが立ててあった。

ルキヤがカードを取って、読みあげた。

「僕たち宛だけどおかしいよ。いい？『バター・ジュース・ヨーグルト・フルーツは冷蔵庫。コーヒー・紅茶はキッチンカウンター。ドールは和室』…だって」

「食べてから、和室へ行こう」

龍星が決め、それから二人は手分けして、冷蔵庫のものとコーヒーを取りに行った。

食事の後、二人は使った食器を洗って片付けると、いったんドールの部屋へ戻って着替え、それから和室へ向かった。

鷹司家の和室はひとつしかない。露天《ろてん》の岩風呂がついた客間のことだった。

「ドール？　入るよ、ね、ドール」

襖をノックしてから、ルキヤが開け、「わっ」と驚いたので、背後から龍星も和室を覗きこんだ。

和室でドールは、畳の上に油紙《あぶらがみ》を敷き、日本刀を手入れしているところだったのだ。

「オハヨウ。食事はした？」

サングラスを外した素顔のドールが、刀を置き、二人へ顔を向けて声を掛けた。

「うん、食べた。ありがとう」

「食器を片付けといた。しまう場所が間違ってるかも知れないけどな」

不思議なハシバミ色の眸を向けて、ドールが言った。

「お客サマが、気を遣わなくていいよ」

「たいして気は遣ってないけどな」

そして龍星とルキヤは、惹きよせられるようにドールの前へ行き、正座した。

「すごい刃こぼれしてる」

「研ぎにださないとだめだけど、オレの手でできるだけやってみたかった」

ドールのかたわらには、小さな金槌《かなづち》の形をした真鍮《しんちゅう》の目釘抜《めくぎぬき》と、打粉《うちこ》の入った丸い球つきの棒、拭い紙や、丁子油《ちょうじあぶら》の入った壺の乗った角盆がある。起きて直ぐ、食事を作って、それからずっと手入れをしていたのだった。

「これ、もしかして昨日の『処理』で使ったのか?」

口に純白の奉書紙《ほうしょがみ》を銜えたドールが、頷いて肯定した。

「処理」でドールが日本刀を使ったと知り、彼の実力を認めている龍星は、思わず口走った。

「凄いな。俺はいままで、日本刀は使ったことがないいな」

ナイフ集めが趣味でもあるルキヤも、瞳を輝かせながら言った。

「僕だってないよ。養成所で日本刀についての歴史とかの講義は受けたけど、『処理』に使うことがあるなんてあまり考えてなかった……」

だが、凶器に日本刀を使用した事件は、意外と多いのだ。

刀を置いたドールは、銜えていた奉書紙を口から外し、龍星とルキヤに向かって訊いた。

「持ってみるかい?」

「もちろん！」

二人がまた同時に答えたので、ドールはどちらへ先に持たせてやろうかと困った様子で眉を寄せた。

「へえ、ドールって、いろんな顔できるようになったんだね」

ルキヤがそんなことを言ったので、ドールは先に龍星へ刀を持たせてやることにした。

神聖な日本刀には息がかかってはならない。龍星はドールから奉書紙を受け取って銜えると、刀を手に持った。

刀の重みとその存在感を味わうように、柄を両手で握りしめ、眼を閉じる。

無意識のうちに、龍星の口唇がうっすらと開き、銜えていた紙が落ちた。

日本刀を手にした瞬間に、龍星は生まれて初めて日本酒を呑んだときのことを思い出してしまったのだ。

喉から胃が熱くなり、やがて身体の内側から酒がしみてきて、頭の裡がぼうっとなって、気持ちよくなってきたあのときのことを――。

続いて持たせてもらったルキヤの方は、龍星ほどの感銘は受けなかったが、刀身《とうしん》が妖《あや》しい光を放つのにすっかり魅せられてしまった。

この美しく危険な刃が、ターゲットを刺し貫いたのだと考えただけで、ルキヤは昂ぶってくる。

日本刀をドールに返して、ルキヤは知りたがった。

「どんな『処理』だったの?」

日本刀を鞘《さや》に戻したドールが、上目づかいにルキヤを見た。刻《きざ》んだような口許が、うっすらと笑っている。

「ルキヤが教えてくれたら、教えてアゲルよ」

すかさずルキヤが拒絶する。

「だめだよ。ドールは完了したんだからいいけど、僕たちはまだ途中だからね」

怒ったように、ルキヤが付け加えた。

「ドールのケチ」

「ルキヤとオレと、どっちがケチか龍星なら判ってるはずだ」

急に名指しされた龍星の方は、いささかルキヤとは考えが違っていた。

ファイル№103の谷内田武郎に対し、自分たちが行った処理方法が、はたして適切だったかどうか悩んでしまったからでもあった。

龍星は、ドールに話してアドバイスをもらい、ついでに日本刀を使ったドールの処理を聴《はなし》かせてもらうというのが、お互いに一番よいと考えていた。

いつもならば、敏感に龍星の考えを察するルキヤが、反対の態度を変えなかった。

「だめ、アドバイスはいらない」

「考えてもみろよ。ストーカーする奴の変質的な情熱ってのは、俺たちにないからな、昨日程《あの》度のことしか考えつかないんだぜ。けどドールなら、桜庭さんのストーカーだった鷹司さんのクローンなんだから、いい案を出してくれるはずだぜ」

だいいち、昨夜はルキヤから、「鷹司さんは桜庭さんを送ったついでに寄ってくかも知れないから、訊いてみるとか？」と言いだしたはずだ。そのときは龍星の方が、「他人に知恵を借りるわけにはいかない」と拒絶した。

もっとも、龍星が知恵を借りたくないのは鷹司貴誉彦であり、ドールではないのだ。

「クローンなんて、絶対嘘だもん。そんなこと言ったら、僕たちはあの鷹司さんともセックスしてるようなもんじゃない。そんなの、ちょっと、やだよ。桜庭さんを裏切るみたいだ」

一瞬、龍星はたじろいだが、気を取り直してルキヤと立ち向かった。

「あのな、ルキヤ。いまはクローンの話してるんじゃない。ストーカーのやり方についての話だ」

拒むルキヤに、龍星が手を焼く様子を、ドールは傍観《ぼうかん》している。特にルキヤの、鷹司に対する反応と、それを聴いたときの龍星の顔が、面白かった。

あれこれ事情があるにしても、ルキヤは不承知を変えなかった。

「助けてもらう訳にはいかないし、ファイル№１０３をドールに譲る気もないよ」

「オレはいらないよ。あれは……」

ドールが嫌がった。

すっかり意見が割れてしまった龍星とルキヤだったが、お互いじっくり話し合うためにも、いったんは家に帰ろうという考えでは一致した。

「お昼は帰って食べるって、桜庭さんに言っておく」

ルキヤは機嫌の悪いまま立ちあがって和室を出ると、家にいるだろう桜庭へ電話を架けた。

コールしても、なかなか桜庭は電話にでなかったが、ようやく繋がったときには、いつもと様子が違っていた。

『ルキヤ？　どうしました？』

人のざわめきと雑音が、桜庭の声とともに入ってきたのだ。もしかしたら、鷹司に香港へ連れて行かれたのかも知れなかった。

「どこにいるの？　香港？」

『いいえ、これから新幹線に乗るところです』

慌ててルキヤは訊き返した。

「なんで？　どこへ行く気なの？」

『戸隠に、獣姦用の犬を貸して下さる方が見つかりましたので、会いに行くのです』

おそらく桜庭は、東京駅の長野新幹線乗り場で携帯電話を使っているのだろう。そして、「獣姦用の犬」と口走ったりしている――。

ルキヤの心配は、そちらではなかった。

「でもどうして…桜庭さんって、いままで新幹線なんか乗ったことあるの？　僕たちが車使ってるから？」

桜庭家には車は一台しかなく、昨夜は「処理」に使い、そのまま鷹司のマンションへ乗ってきてしまったのだ。

『馬鹿にしてはいけません。新幹線は乗ったことがあります』

「本当に？」

ルキヤに疑われた桜庭は、納得させようと、強い口調になった。

『嘘ではありません。わたしが引き籠もりだったころ、治療のひとつとして東京駅から別荘のある軽井沢まで、独りで乗った経験があるのです』

言ってしまった後で、大した経験ではないと悟ったのか、桜庭は平静を取り戻した。

『昼食も持ってきましたし、大丈夫です。車ですと高速を使っても五時間ちかく掛かりますが、新幹線とバスを使えば、東京から戸隠までは三時間で着くのです。とは言っても帰りは明日になるでしょうから、龍星と二人でお留守番していてください』

ルキヤは、「バスに乗る治療法は受けたのか？」と訊こうとしたが、やめておいた。ほとんど直感的に、乗ったことがないだろうと判ったからだ。

そして、コスプレ以外のなにものでもない神父服で、戸隠高原に降り立つ桜庭を想像してしまい、龍星とドールのもとへ飛んで行った。

「大変なことになった！」

第三章　仮面の男

I

長野市は、雨があがり、夏らしい空が広がっていた。

夏休みに入ったということもあって、桜庭の乗った新幹線は混み合い、軽井沢で大半は降りたが、長野駅も旅行客でごった返していた。

十三時過ぎに長野駅に降り立った桜庭は、慣れない駅でもたついた。

どうにか善光寺口《ぜんこうじぐち》のバス乗り場を見つけた頃には、新幹線到着時刻にあわせて運行される戸隠行きのバスは、すでに発車した後だった。

運の悪いことに、次のバスまで二時間近くも待たなければならなかった。

長野駅は、桜庭にとっては異国のような地だった。

一人での初めての長旅で――新幹線で一時間二十分だったが、さらにこれからバスにも乗るということで、桜庭はかなり神経質になっていた。

だが、ノースリーブの神父服を纏った妖しげな美青年の出現は、駅前を行き来する人たちにとっても異質であり、衝撃的すぎた。

桜庭は、自分が遠巻きにじろじろと眺められ、あるいは避けられているのに気づき、悩んだ。

このままバスターミナルのベンチで、居心地《いごこち》の悪い思いをしながら戸隠行きのバスを二時間待つべきか、駅に並んだタクシーを使うべきか――。

タクシーを使うのが最良《さいりょう》の方法だが、それでは経費の節約ができそうにない。長野駅から戸隠まで、距離は二十キロあるのだ。

問題はもうひとつある。見ず知らずの運転手と狭い空間に閉じこめられることになるのだ。途中で限界が来てしまったら、異国で――いや、日本国内だが――桜庭はどうすればいいのだろうか……。

けれども、九頭氏へ報せた訪問時間も迫っている。結局、タクシーに乗る方を選択し、桜庭が旅行鞄を持ってベンチを離れたときだった。

駅前のロータリーから進入してきた白いランドクルーザーが、桜庭の前で停まった。

助手席の窓が開き、運転席の方から赤いロングカールの女性が、身を乗り出すようにして、桜庭に声を掛けてきた。

「桜庭那臣さんね？」

鼻にかかった、甘めの低い声だ。

フルネームで呼ばれた桜庭は、あらためてゴージャスな髪型をした美女を見たが、初対面の

相手だった。それで、注意深く訊いてみる。

「桜庭ですが、あなたは？」

年齢は二十代半ば。赤くて官能的な口唇の美女が、意外なことを言った。

「あたしはシメール。九頭はあたしのマスターよ」

つまりは、目の前にいる美女はタリオの「使徒」であり、九頭崇友が彼女を擁するタリオの幹部ということだった。

タリオの幹部は、桜庭を入れて二十人になる。だが、戸隠に住む九頭崇友は「処理」を行わず、総会にも出席しないことから、実質的には十九人になっているのだった。

「あなたを迎えに来たの」

シメールが言うと、助手席のドアが中から開けられた。

「はやく乗って、ここはバスの発着所だから長く停めておけないのよ」

確かに、到着したバスが入ってきて、いまにもクラクションを鳴らしそうにしている。ランドクルーザーででもなければ、後ろから押しだされてしまうかも知れない。

乗客の迷惑になる前に、桜庭は急いでランドクルーザーの助手席に乗った。

「すみません。バスに乗り遅れてしまいまして、迎えに来ていただけるとは思っていませんでした。とても助かりました」

桜庭は運転席のシメールと並んで助手席に座ることになったが、ランドクルーザーのなかはひろく、ストレスを感じずに済んだ。

「いいのよ」

シメールがあっさりと言い、速度をあげてバスの前から逃げだしながら、「それよりも偉いのね、一人で来たのね」と、ほとんど独り言のように呟いた。

桜庭はすばやく聞きとめたが、黙っていた。

「戸隠バードラインを通ってゆくけど、最初は難所《なんしょ》よ。気分が悪くなったら言ってね」

いぜんの大災害で、元有料道路の戸隠バードラインは再建できないほど道路を消失しており、その区間だけ県道へ迂回《うかい》する。そこがまた、七曲《ななま》がりと呼ばれる難所なのだ。

ほかには、浅川《あさかわ》ループラインを使って戸隠バードラインと合流する方法もあるのだが、所要時間が違う。そしてシメールは、難所の方を好んでいた。

覚悟して助手席に座った桜庭だが、運転するシメールの横顔を見ていると、彼女が本当に美しい女性であるのが判り、意識はそちらへと向いた。

やわらかな赤い髪は、たっぷりとカールされて見事な螺旋を描き、なめらかな象牙色の肌に、高い頬骨、通った鼻筋の下の口唇がまた、熟《じゅく》した厚みを持っていた。

しっかりとした顎と、いがいに太く長い首。肩幅もひろく、手もがっしりしている。

官能的な革のビスチェに包まれた胸、腹筋《ふっきん》を見せつけるように臍を出した――臍にはダイヤモンドのピアスが嵌《はま》っていたが――革のボトムは、腰骨のきわどいところに引っかかっている。

彼女の肉体の逞《たくま》しさは、タリオの使徒として鍛えられている証拠だった。

桜庭はつい、考えてしまう。

自分が、このシメールのような美女だったならば、鷹司はもっと欣んでくれたのではないだろうか——と。

「あたしが珍しい?」

道路が七曲がりのヘアピンカーブということもあって、シメールは運転に集中しながらも、横目を使って訊いてきた。桜庭の視線に気づいていたのだ。

「失礼しました。タリオの使徒に女性がいるとは知らなかったのです」

素直に桜庭が謝ると、シメールはにこやかに微笑んだ。

「残念ね。あたしに見とれてくれてるんだと思ったわ」

九十%は当たっている。桜庭は見抜かれてしまい、認めざるを得なかった。

「美しくて逞しい方だと見とれていたのも確かです」

桜庭とシメールとは、タリオの幹部と使徒という、いわゆる身分の差がある。

しかし、他の幹部が擁する使徒に対しても、桜庭は主人側の立場で接するのは苦手だった。

それは桜庭自身、自分が実力によって主人側に立ったのではなく、養父と恋人の七光りで優遇された身であると判っているからだった。

楽しそうにシメールは笑い、彼女は桜庭に対して友好的な雰囲気になって言った。

「たくましいとか、大女とかは始終《しじゅう》いわれるわね。でもあなたは、本当に神父服を着ているのね。すぐに判ったわ。それに、噂《うわさ》以上の美人さんで、妬《や》けるわ」

美女から「美人」といわれて、桜庭は気恥ずかしい思いがした。

「九頭とは面識《めんしき》はないのよね？」

次にシメールがそう訊いた。

「ええ、一度もお会いしたことはありません」

幹部であることも、シメールに教えられるまで知らなかったのだ。

自分の不明《ふめい》を、桜庭は悔やんだ。調べておくべきだったのだ。

桜庭の心の裡を見抜いたかのように、シメールが訊いてきた。

「若いのね。幹部になって何年？」

「四年目です。二十四歳になります」

正確には、間に二年間のブランクがあるのだが、一応は四年といったところだ。

「ちょうど九頭が、戸隠に引きこもったころね」

それで面識のないまま来てしまったのだ。

「九頭さんは、ずっと戸隠にお住まいなのですか？」

桜庭は訊いてみる。あっさり、シメールは答えてくれた。

「そうよ。九頭は健康上の問題があって隠居《いんきょ》状態なの。戸隠で動物を飼いながら、のんびりと生活しているのよ」

戸隠は、天手力雄命《あまのたぢからおのみこと》が、天照大御神《あまてらすおおみかみ》の隠れた天岩戸《あまのいわと》を投げ飛ばし、落ちた先ゆえに名づけられた地であり、観光地としても魅力のある高原だが、僻地《へきち》でもある。

「あなたも一緒にですか?」

疑問を感じた桜庭は、つい訊いてしまった。

タリオの養成施設で様々な訓練を受けた使徒が、それもこれだけの肉体と生命力を放っているシメールが、隠退《いんたい》状態の主人に従って山奥に籠もっていられるものだろうか…と思ってしまったのだ。

質問を口にした後だったが、ふっと閃《ひらめ》いた。

九頭崇友とシメールとは、婚姻《こんいん》しているのかも知れない——と。

「あたしは彼の使徒ですもの。いらないと宣告されるまで一緒よ。あなたが龍星とルキヤにしたように、あたしも養子になってるのよ」

結婚ではなかった。だが、使徒を養子に迎えるというのは、ほぼあり得ないことで、桜庭がそれを実行したときは、他の幹部から驚かれ、非難もされた。

「わたしのことを、よくご存じですね」

少し警戒《けいかい》気味になった桜庭を、シメールは笑い飛ばした。

「あなたについて、知らない幹部はいないわよ。好《よ》い噂も、悪い噂も…、戸隠に引きこもっていても、すべて聞こえてくるわ」

そう言われて桜庭は落ち着かない気持ちになった。

二つがそれぞれ天秤《てんびん》に乗っていたとしたら、悪い噂の方が重いと判っていた。だからシメールからも、あのような独り言が出たのに違いない。

「気になりますが、聴かずにおきます」

独りきりでの、はじめての遠出で神経質になっているときに、さらに傷つきたくなかった。

シメールは声を立てて笑うと、前方をのろのろ走っていた県外ナンバーの車を後ろから煽って脇に寄せさせ、一気にスピードをあげた。

バードラインの終点は、「戸隠宝光社《とがくしほうこうしゃ》」の辺りだ。

「宝光社」からシメールは県道を使って、戸隠山の登山口であり、霊場《れいじょう》としても名高い「奥《おく》社《しゃ》」近くにある九頭の私有地に向かった。

九頭の私有地は、岩石《がんせき》と錬鉄《れんてつ》を使った、恐ろしく頑丈《がんじょう》そうな塀《へい》で取り囲まれていた。

シメールが手許を操作して、自動で石門鉄扉を開け、車を乗り入れた。

「難攻不落のゲートよ。こういうので囲っておかないと、キャンプに来た観光客が間違って入り込んでしまうの。敷地には肉食の野生動物もいるから、思いがけない事故が起きてしまう可能性もあるのよ」

日本に生息する肉食の野生動物といえば、熊くらいしか思いつかない。桜庭が驚いているのを横目に見て笑いながら、シメールは門を閉じた。

門を潜ってからも、勾配《こうばい》のきつい舗装《ほそう》道路を二キロは走って、ようやく館が見えてきた。

自然のままの地形を活かした敷地に建つ九頭の住居は、ヨーロッパ中世の要塞《ようさい》か城を思わせる、厳《いか》めしい石造りの館だった。

玄関庇《キャノピー》の下にある観音開《かんのんびら》きの大扉もまた、武骨《ぶこつ》で重厚《じゅうこう》だった。

装飾的だが頑丈そうな蝶番《ヒンジ》で石壁と連結された大扉は、鉄の帯板や鉄鋲《てつびょう》で補強されていて、熊が突進してきても破れそうになかった。

「着いたわ」

玄関前で車を停めたシメールは、降りろというふうに、桜庭に向かって頷いた。

「ありがとうございました」

桜庭は礼を言って車から降りたが、新幹線に乗ったときよりも、バスかタクシーに乗らなければならないと覚悟したときよりも、緊張していた。

人に会うのがもともと苦手なせいもあるが、九頭崇友がタリオの幹部であると知ったことが、最大の理由だった。

決心をつけ、桜庭が行こうとしたとき、シメールが声を掛けてきた。

「あなたはとても魅力的だけれど、九頭は男色家《だんしょくか》ではないわ。誘惑しようとしても無駄よ」

振り返って、桜庭はシメールを見た。たぶん、彼女は桜庭の悪い噂から、いまの言葉を言ったのだろうと思ったが、気にしないことにした。

「適切なアドバイスをありがとうございます」

するとシメールは、さっさと車を遠ざけてしまうこともできたが、そうせずに、もう一言つけ加えた。

「九頭に気に入られるようにうまく立ち回った方がいいわ。逆らえば、彼はあなたの望みを叶えずに追い出すかも知れないわね」

「犬を貸してくださらないということですか？」

桜庭は訊き返したが、シメールは微笑しただけで答えず、アクセルを吹かし、車寄《くるまよ》せから離れて行ってしまった。

Ⅱ

観音開きの大扉が自動で開き、桜庭をなかへと招《しょう》じ入れてから、ふたたび閉じた。

玄関は、応接間もかねた吹き抜けの広いホールとなっていて、小さなホテルのロビーのようだった。

ホールに桜庭が入ったのは判っているはずだが、出迎えてくれる者はいない。

中央の大理石テーブルに置かれた、白蝶貝《しろちょうがい》や雲母《うんも》で作ったアンモナイト形のランプがあたりに光を投げかけていたが、周囲には乾いた冷たさが漂い、人が暮らしている感じがしなかった。

臙脂色《えんじいろ》の布を張ったカールトンチェアーに、テディベアが乗っているのも、夏場の営業が終わって、休眠状態に入ったホテルのようだった。

家具や調度《ちょうど》に、客たちが忘れていった想い出が残っている感じなのだ。

桜庭は、周囲の重厚さに比べ、床がリノリウム張りであるのに違和感を覚えた。

館――というより城の雰囲気からすると、そぐわないのだ。

大声を出すべきか、携帯電話で九頭崇友へ到着を報せるべきか、桜庭が悩みはじめたところへ、カールトンチェアーのテディベアが動きだし、走り寄ってきた。

ぬいぐるみだと思ったのは、テディベアカットのトイプードルだったのだ。

可愛いだけでなく利発そうなトイプードルは、桜庭の前に来ると、「付いてこい」といいたげに身を翻《ひるがえ》し、ホールの奥へ歩きだした。

桜庭が戸惑うと、振り返って待っている。

トイプードルに連れられた桜庭は、館の奥にある、やはり重々しい鉄のヒンジが取りつけられた扉のところまで来た。

終着地まで客を案内したトイプードルは、役目を終えるや否や、元の玄関ホールへ戻って行ってしまった。

ノックの必要もなく、またも扉は自動で開き、桜庭をなかへと招いた。

内部は、来客のためのテーブルやソファーがひとつもない、太い角材を梁《はり》とした高い天井と、細長い窓のつづく大広間で、まさにこの館に住む王の接見室《せっけんしつ》だった。

そして、接見室の最奥では、両脇に純白《じゅんぱく》のボルゾイを従えた九頭崇友が、桜庭を待っていた。

「東京から参りました、桜庭那臣です」

入り口で、桜庭は頭を下げてから、名乗った。

だが九頭からは返答がない。彼はまさしく王のように、上座に置かれた大きな肘掛け椅子に腰をおろし、どっしりと構えているだけだ。

彼のところへ辿《たど》りつくまでに、桜庭はかなり歩かなければならなかった。

それほど大きな広間だったのだが、近づいてゆくにつれ、九頭崇友が顔の右上半分に肌色《ベージュ》の仮面を付けた、異様な姿をしていることに気がついた。

足も悪いのか、左手にシルバーグリップのステッキを握り、椅子の肘掛けに乗せられた右腕は義手《ぎしゅ》だった。

シメールは健康に問題があると言っていたが、九頭は大きな事故にでもあったかのようで、養父の四ノ宮と印象がだぶった。

その九頭の両脇に、純白のボルゾイがリラックスした様子で座り、主人と同じ目で桜庭を見ていた。

桜庭は足元に旅行鞄を置き、改めて頭を下げた。

「本日はお忙しい中をお邪魔致して申し訳ございません。そのうえに、シメールを迎えによこしてくださり、ありがとうございました」

桜庭は、どこかで九頭に会っている気がした。

いまは戸隠に引きこもっていても、一度くらいはタリオの総会に出てきており、そのときに会ったのかも知れなかった。

あるいは写真で見たか、四ノ宮の屋敷にいる頃の記憶かも知れない——しかし、仮面には覚えがないのだ。

そのために注意深く、「はじめまして…」とは言わないでおいた。

「遠路《えんろ》はるばる、ご苦労だったな」

潰れたような九頭の声。夏でも寒い高原の午後、濃紺《のうこん》のサマーウールで仕立てたスーツを身につけ、三十代後半に見えるが、年齢よりもずっと老いた声に聞こえる。

「無駄な時間を使うのは、君も好まぬだろう。さっそく、君が必要とする犬について話そうか。メールでは、雄のボルゾイを希望すると書いてあったので、この二頭を連れてきた」

九頭崇友は、桜庭を立たせたままで話しあうつもりのようだ。

ここまできては、もう臆していられないと心を決め、桜庭は切り出した。

「わたしがお借りしたいのは一頭です。タリオの法に則っての『処理』ですので、ボルゾイの雄でなければなりません。こちらの指示に従い、ターゲットを犯せるタフな犬を希望しています。できれば噛みつくことも」

ロシア語で俊敏《しゅんびん》と名づけられたボルゾイは、元の名をロシアン・ウルフハウンドという。外見は、優雅《ゆうが》で高貴な犬に見えるが、狼狩《おおかみが》りに使われるほど、攻撃的本能《こうげきてきほんのう》に長《た》けている。

桜庭はもう一度、メールに書いたと同じ事柄を説明し、さらに詳しく、犯す場所は女性器と肛門の両方であること、犬は絶えず凶暴《きょうぼう》な状態で、だがこちらの指示に従えなければならないと話した。

「利口な犬は、人間には噛みつきはしないぞ。わたしは犬たちにそれを赦してこなかった」

九頭は続けた。

「だが、希望どおりに犬を仕立てることは可能だ。ただし、それには数日間の訓練が必要となる」

桜庭は少しほっとした。被害にあった少女が、何度も犬に噛まれていたのでどうしても必要なことだと、説明したくなかったのだ。

「物件の『処理』の仕上げとして獣姦が必要なのです。期日を具体的に申しあげますと、八月二十九日から一週間の間です。『処理』の終了日は九月四日になります」

九頭は肯き、同時に左手で持ったステッキで床をコツコツと叩いた。

滑り止め加工のされたリノリウムの床は、音をのみこんでしまったが、特に合図というわけではなさそうだった。

「一週間の貸し出しということだな?」

「はい。七日間です」

桜庭はそう言い、すこし緊張した。いったい、いくら掛かるだろうか——と。

常にお金のことを考えなければならない生活で情けないが、現在の桜庭家では仕方がない。

「一日五十万でどうかね? 犬はシメールが連れてゆき連れて帰ってくる。東京に居る間は、わたしの東京の屋敷に置き、シメールが世話をする。しかし、シメールは君たちの『処理』には関わらない」

桜庭は、感謝して頭を下げた。

「ありがとうございます。犬の輸送と世話をしていただけるだけでも助かります」

「だが——」

コツコツと床を叩き、九頭はステッキのグリップを手の中で撫でるようにした。

「君は二頭のどちらかを選ぶ必要がある。こちらはカイルでこちらはボイドだ」

九頭が左右の犬たちを紹介した。

純白の毛と、長い顔、小さな耳、意外と優しげな瞳の犬。九頭には区別ができているのだろうが、桜庭にはどちらのボルゾイも、同じ顔に見えた。

「選んだ方を希望どおりに仕立て、貸してやるが、君が犬を扱えなければだめだ。いやその前に、犬が君を気に入らなければだめだ」

交渉が成立したかと思ったが、一番の難題が、後出しじゃんけんのように出てきた。

桜庭は、九頭を挟んでスフィンクスのように座った純白のボルゾイを見ながら、言った。

「わたしは、動物を飼ったことはありません…。動物に触ったこともありません」

接触恐怖症だった桜庭は、他人の体温の残ったものにも触れなかった。人はおろか、動物にも触れなかったのだ。

――だが現在《いま》は、鷹司の寝台に敷かれた毛皮の上が、もっとも居心地のよい場所になっている。死んだ動物の毛皮には触れる…と言おうかと思ったが、動物が好きな人間はそれで心証を悪くするといけないので、やめておいた。

「接触恐怖症だったそうだな。動物を使った治療があると聴いたが…」

そこまで知られているのならば…と、桜庭は肯いて認めた。

「養父《ちち》が……いちど綺麗な金色の子猫《こねこ》を下さったのですが、どうしても触れませんでした」

猫の種類が判らない。桜庭は金色で縞《しま》のある猫だったとだけ記憶しているのだ。

コツコツとステッキが鳴って、九頭が繰り返した。

「綺麗な金色の子猫か」

馬鹿にされた気がしたが、桜庭は困惑《こんわく》し、俯いてしまった。

「君に嫌われたその子猫は、どうなったのだね？」

「判りません。子猫もわたしが気に入らなかったと思います。何度か触ろうと努力しましたが、手をひっかかれましたから…」

それで余計に触れなくなってしまったのだ。

「子猫も君を警戒してしまったのだな。君に怪我をさせたのならば、子猫は殺されたかも知れないな」

「まさか！　お養父さまはそんな方ではありません」

自分の過去の失敗を思うと、後ろめたさもあって桜庭は感情的になってしまったが、自制を取り戻し、今度は逆に、九頭に問いかけてみた。

「犬に気に入られるには、どうしたらよいのでしょうか？　骨を持ってくれれば良かったのですか？　好きなクッキーをあげるとか？」

残念なことに、桜庭にはこの程度でしか思いつかないのだ。

「君がメス犬になるという手もある」

九頭がそう言ったので、桜庭ははっとなり、胸に釘打たれた思いがした。

仮面の男は、桜庭の悪い噂を知っており、桜庭を馬鹿にしている幹部の一人だと判ったのだ。

事を円滑に運ぶためならば、多少のことは我慢するし、ときには心にもないお世辞《せじ》も口にできる桜庭なのだが、「メス犬」という言葉には言い返さずにいられなかった。

「メス犬は別に用意してあります。わたしがメス犬になるつもりはありません」

「すでに交尾相手のオス犬がいるからかね？」

さらに九頭が、桜庭の怒りを煽るように言った。

一瞬、桜庭は怒って帰ろうと身構えたが、もう処理期限が迫っていて、九頭に頼らなければどうすることもできないのだと思い直し、拳を握りしめた。

「オス犬に関してはおっしゃる通りです」

仮面を付けているせいで、判読《はんどく》不可能な九頭の顔を真っ直ぐに見据えながら、こんどは桜庭の方から問いかけた。

「『処理』に犬を貸していただけるのでしょうか？　それとも交渉は決裂《けつれつ》でしょうか？」

桜庭は、健康上の理由でタリオの総会に出てこられない九頭が、面白がって自分を呼びつけたのではないか――と、疑っていた。桜庭が幹部に相応しくないと、意地悪をするために……。

コツコツと、九頭崇友のステッキが鳴った。

「いま、まさに交渉中だよ。桜庭那臣くん」

まだ一応、交渉は決裂してはいないのだ。しかし、次に九頭が、どのような嫌みを言うつもりか判らない。

桜庭は、自分をタリオの幹部と認めていない男の気持ちが、悪意となって滴ってくるのを、身構えて待った。

「裸になりなさい。あの男、——鷹司貴誉彦を陥落《かんらく》させた君を見てみたいのだ」

どうやら九頭の裡で、鷹司はオス犬から「男」に昇格したらしい。しかし、九頭の好奇心を満たすために、桜庭は言いなりになるつもりはなかった。

迎え撃つ姿勢でいた桜庭が、反駁《はんばく》する。

「お言葉ですが、少し前までは、犬がわたしを気に入るかどうか…というお話ではありませんでしたか?」

言ってしまってから、シメールの言葉が頭の裡で響いた。

「九頭に気に入られるようにうまく立ち回った方がいいわ。逆らえば、彼はあなたの望みを叶えずに追い出すかも知れないわね」——と。

「犬たちの機嫌を取るまえに、わたしに気に入られておく必要があるとは考えないのかね?」

「まずは飼い主の命令に従えということですね、九頭さん」

桜庭にとっての救いは、九頭が男色家ではないことだが、桜庭にとっての虞《おそ》れは、犬たちを嗾《けしか》けられるのではないかということだった。

九頭は桜庭の声が強張ってきたのに気づき、言葉を添《そ》えた。

「君を、メス犬にはしないと約束しておこうか」

信用していいのか、桜庭には判らない。腰に手をやる振りをして、ポケットのナイフに服の上から触れてみた。

御守りのナイフ。だが、ナイフを持っていても、犬と闘うのは——桜庭には無理だった。

「どうしたね？　思い切れないのかね？」

九頭に促され、桜庭は一気に決心をつけた。

「わたしは臨機応変《りんきおうへん》で、意欲的《いよくてき》な性格です」

そうあろうと努力しつづけている。円滑な業務遂行のためならば手も握らせるし、交渉を成立させるためならば、裸にもなる——桜庭は覚悟を決め、纏っていた神父服を脱ぎ落とした。

九頭崇友のような男は、決して口にした言葉を翻したりはせず、相手を意のままにしなければ気が済まないからだ。

誰の指図も受けない男は、命令で相手を従わせる。

鷹司がそうであり、かつて、桜庭の肉体を支配した実父たちもそうだった。

桜庭に無理強いをしないのは、養父の四ノ宮康熙だけだ。

僅かでも、四ノ宮と印象をだぶらせた自分を、桜庭は赦せない気持ちだった。

四ノ宮とは似てもにつかない男の前で下着を取り去った桜庭は、さらに指示されて靴と靴下を脱ぎ、裸足になった。

石造りの大広間で全裸になると、自分がひどく弱々しく惨めな存在に思われてくる。

けれども桜庭を裸にさせた九頭崇友の方は、そうは思っていなかった。

ほっそりとしているが、美しい裸体は、男に対する性的な趣味を持っていなくとも、完全に無視するのは不可能だったようだ。

背後から、拍手が起こった。

「ブラボー」

桜庭は驚いて振り返り、壁により掛かったシメールを見た。

「思い切りがいいのね。それに憎らしいくらい、美しい肉体だわ」

臍に入ったダイヤモンドのピアスを輝かせながら、シメールが桜庭の方へ近づいてくる。

女性に裸を見られている羞恥で、桜庭は蹲ってしまいそうになりながらも、シメールの臍を飾ったピアスを見たら、「ルキヤが真似《まね》したがるだろう」と頭の片隅で考えていた。

ルキヤならば、ピンク色のダイヤモンドか、カナリア色のサファイアが似合いそうだが、彼に買ってやれるのはまだ先になるだろう。

カナリア色のサファイアといえば、聖グレゴ園の院長先生が指輪にして嵌めていたのを思い出す。非常に珍しく、高価な宝石の指輪。

聖グレゴ園での日々――。

どうしたことか…。

広い部屋で、裸にされて立たせられたことが、昔の記憶を蘇らせるのか。

罪の子だと罵られ、贖罪の儀式の前には、裸で男たちの前に立たせられた。

裸体を見世物にされた後にはいつも、次々に手がのびてきて――…。

頭の裡まで男たちの濁精でいっぱいにされて、なにも考えられなくなってしまうまで弄ばれた日々。

あのころの桜庭は、陰気で埃くさいが、とても暖かく、静かな部屋で暮らしていた。

緑色の酒を呑む男たちと、床に散らばった競馬《けいば》新聞。

いきなり、過去の記憶が雪崩《なだれ》のように押しよせて桜庭を呑み込み、凍えさせ、窒息させようとした。

「だいじょうぶ?」

シメールに訊かれて桜庭は現実に返ったが、今度は、彼女が革製の手枷《てかせ》を持っているのに気づき、愕然《がくぜん》となった。

「怖がらなくていいわ。あなたが怯えると、あの子たちにも伝わるわよ」

優しげな口調のシメールだったが、桜庭の手首を掴むと、女とは思われない力を発揮して、革の手枷を巻きつけた。

途端に、犬たちへの虞れと恐怖がぶり返し、桜庭は問わずにいられなかった。

「わ…わたしをメス犬にするつもりですか」

慣れた手つきで手枷を嵌めおえたシメールが、眼を瞠き、赤い口唇で笑った。

「過激な想像ね。隠された願望ではそうされたいの?」

慄えあがった桜庭の声は、息切れしたものとなった。

「いいえ。犬に『処理』されるのはわたしではありません。どうか…やめてください」

するとと逆にシメールが、桜庭に向かって哀願する口調になった。

「あたしたちは、ただ、あなたに、あの子たちと仲良くなって欲しいだけよ」

犬たちと仲良くなるために、桜庭を裸にして手枷で自由を奪う――。どういう発想なのか、桜庭には理解できない。それればかりか、犬たちに自分が犯されるのではないか…という恐怖だけが膨らんでくる。

桜庭の困惑に答えて、ふたたびシメールが言葉をつけ加えた。

「あの子たちにあなたを知って欲しいの。それからあなたにも、あの子たちを知って欲しいのよ」

「こんな方法で…ですか？　間違っていると思います」

鎖の付いた革の手枷で両手首を繋がれた桜庭は、もう無駄だと判っていたが、自分の考えを口にした。

「間違っているかどうかは、この際関係ないのよ」

堂々とシメールが言った。

「これが、あたしたちのやり方なの」

シメールの眸の奥に、臍に嵌ったブラウンダイヤのように、なにかが輝いている。

桜庭はひとりで戸隠へ来たことを後悔したが、もはや、罠に捕らわれ、諦めてしまった獣のようにじっとしていた。

Ⅲ

手枷の嵌った両手を頭上に、天井の繋ぎ梁から下がった革紐で桜庭は縛られた。

次に、両脚を閉じられなくするために、棒の入った足枷で足を拘束されて、床に屈まされた。

天井から吊られているが、両膝を床に着いた恰好にされたのだ。

床からの高さも、両脚を閉じられない姿も、犯すために犬を嗾けるのに都合のよい位置であり、態《かたち》だった。

接見の広間に、家具のなかった理由は、最初から桜庭をこうするためだったのか——。蒼白になった桜庭へ、シメールがそっと囁いた。

「腿の傷——まだ痛むの？」

白須洋一に傷つけられたことを、シメールは知っている。桜庭は訊かれて、頭を振った。

「痛みませんが、疼きます。どうか、触らないでください……」

傷跡に触れてよいのは、鷹司と養父の四ノ宮だけだった。

「可哀想に、傷つけられたときのことを想い出してしまうのね。触らないから、安心して」

想い出すというのがすべての理由ではなかったが、桜庭はそうだと認めて、シメールを牽制《けんせい》した。なぜならば、傷跡に触れられるだけで、性的に感じてしまうことがあり、それを知られたくなかったのだ。

「恋人はいるの？」

続いてシメールが訊いてきた。

「ええ…」

桜庭が答えると、さらにシメールは知りたがった。

「女なの？　男？」

戸隠にいても、桜庭の好い噂も悪い噂も入ってくるらしいが、どうやらタリオの№２鷹司貴誉彦が恋人だと——九頭は知っていたが、シメールは知らないらしい。

「男性です…」

するとシメールが、秘密を尋ねるようにいっそう小声になった。

「恋人を裏切れない？」

桜庭が肯定して頷くと、シメールはその答えを待っていたのだとばかりに、微笑んだ。

「だったら、裏切らないために協力してあげるわ」

シメールはそう言うと、ボトムの後ろから細長い金色のスティックを取りだし、桜庭の戦慄《せんりつ》を横目に見ながら、舌を出して舐めた。

金属のスティックは、小さな球《ビーズ》がネックレスのように連なったもので、両端がもっとも大きな球になっている。

球の部分を口唇に含んで銜えたまま、シメールは桜庭の前にしゃがみ込んだ。

ビーズスティックを銜えて窄《つぼ》めた赤い口唇が、恐ろしく淫らで、いやらしい。

故意《わざ》とシメールはそうしているのだろうが、まるで、肛襞がビーズスティックを咥えているようだ。

それからシメールは、下から掬《すく》うように桜庭の前方を持ちあげると、ネールアートされた爪の先で、頭冠《せんたん》を剥いた。

慄えとともに、ピンク色の円《まる》みが露出する。

口唇からスティックを抜きとったシメールが、けばけばしいほど長い睫毛にふちどられた眸を細めた。

「可愛いピンクちゃんね。はい、お口をあーんしましょうね」

話しかけながら、シメールの爪先が繊細な秘筋《スリット》を左右へと開いた。

彼女は、ぱっくりと開いてしまうまで力を込め、なめらかな内壁が見えると、スティックの端についた一番大きな球をあてがった。

ビーズスティックを見たときから覚悟していたが、金属球の持つあまりの寒《つめた》さに、桜庭の一部分が引き攣《つ》る。

寒《つめた》さに慣れないうちに、シメールがスティックをくるくると掻きまわしたことで、腰が退けて、息もできなくなった。

「痛い？」

手を止めて、シメールが訊いてきた。

桜庭は彼女を見ながら、無駄だろうと判っていても訊かずにいられなかった。

「痛いといえば、止めてくださるのですかっ……」

桜庭の肉体には、まだ目覚める前の静けさがあり、陶器《とうき》のように美しく、冷たい感じがする。

案の定、シメールは頭を振った。止めるつもりなど毛頭《もうとう》ないのだ。

「悦《い》いところまで、挿《い》れてあげるわ」

回っていたひとつ目の球が隘路《あいろ》へ挿《さ》し込まれて、くびれた部分を内側から突《つ》く。

「う…うう……」

男として大切な部分を拡げられてしまう屈辱と、最初の痛みで、桜庭から声が洩れた。

「だいじょうぶよ。ほら、挿《はい》っちゃったわ」

もっとも弱い部分に、おぞましいビーズスティックが入り込んでくる。

動顛《どうてん》した桜庭は、硬く眼を瞑《つむ》り、身体中に力を入れていたが、ふいに、痒みに似た快美《かいび》が

走り、膝から力が抜けてしまった。

肉体の内奥、下腹部の奥に疼くような興奮を覚える。

赤い口唇を舐めながら、シメールが笑った。

「あらら、本当はこれが好きなのね。恋人にもしてもらってるんでしょう?」

違う――鷹司はこんなに球の連なったおぞましいスティックは挿入したりしない。そう否定したくて頭を振ったが、変化してしまった肉体が、本心をシメールに打ち明けていた。

笑いながら、シメールは慎重にビーズスティックを挿《さ》してゆく。

ひとつ潜り込むたびに、「ぶつっ…ぶつっ…」と、身体の内側から音が聞こえる気がするほど、球は刺激的で、桜庭は平静ではいられない。

息が、乱れてくる。

「はあぅ…はうっ…はうぅ…」

下肢を庇って腰が退け、前屈みになっていた桜庭は、いつしか天井から繋がれた両腕を支えにして身を仰け反らせ、精路《せいろ》を犯される快美に慄《ふる》えていた。

精路をなぶられて、失禁感と快感の区別がつかなかった時代は過ぎた。

現在はもう、痒みに似た快感と、とろけるような脱力感でどうにかなってしまいそうなのだ。

「そそられるわ。なんて綺麗な表情をするのかしら……」

金色のビーズを銜えた前方を、花のおしべのように突きださせて悶える桜庭を、シメールはうっとりと見ながら、感嘆の声をあげた。

「ご褒美に、一番悦《い》いところに挿《さ》してあげるわ。後ろから触られたことならあるでしょう？　あそこを、精路側からぐりぐりしてあげる」

ぴくっ…と桜庭の睫毛が顫《ふる》える。

サディスティックな笑みをうかべたシメールが、口づけせんばかりに顔を近づけ、囁いた。

「スティックの球は、栗《くり》の実に侵入する害虫よ。あなたは、内から食い荒らされるの、気が狂いそうになるわよ」

シメールの予告どおり、最初の球が、肉体の奥から噴出《ふんしゅつ》してくる精の通り道を塞ぐように して止まると、桜庭は痙攣を起こし、気が遠のきそうになった。

「はあぅ…はうっ…はうぅ…」

すぐさま我に返ったが、内側から迫りあがってくる灼熱の疼きに苦しめられて、歯を食いしばっても、すぐに噛みあわなくなる。

「…あっ……あぁはっ……あうぐぅっ……」

少しでも動こうものならば、強烈な刺激を感じてしまうために、下肢を悶えさせることもできず、桜庭は口唇から呻きを洩らすばかりとなった。

「悦《い》い場所に行き当たったみたいね。でもどんなに悦《よ》くても射精はできないのよ。球で塞いでしまったのだもの」

最後の球を残してすべてを挿《さ》し込んだシメールは、続いて革のペニス絞鞘《サック》を桜庭に巻きつけると、外側の紐を絞りあげた。

敏感な裏筋の部分には革があたらず、むしろ細紐がめり込むように作られたペニスサックは、長さも先端のくびれまでしかなかった。

よって桜庭は、敏感なシャフトに細紐が食い込み、金色の球を挿《さ》された円《まる》みを強調した姿で拘束されてしまったことになる。

「……やっ！　……やめ……ぅうあぁぅぅっ…」

充血を封じられた息苦しさと痛みと、内部の熱と疼きに苛《さいな》まれて、桜庭からは、いままでとは異なった音色の呻きが洩れた。

「はっ……ふぅ……くっ…うぅ…はっ……はっ……はっ……んんっ！　……」

シメールは、先端からはみ出した金色の球を指先で押さえ、軽く回すだけで、桜庭を楽器のように奏でることができるのだ。

「こんどはこっちよ」

桜庭の前方を封じたシメールが、つぎに持ちだして見せたのは、透明樹脂《スケルトン》の擬似男根《ディルドー》だった。

「まっ、待ってください……っ……」

大声をあげると、スティックの球が桜庭に微妙な刺激をもたらす。快感と喪失感と、失禁前に覚える疼きとが全部混じりあった、腰がとろけて立たなくなるような感触だ。

慌てて声を低め、桜庭は懇願《こんがん》を試みた。

「止めてください。そんなものを、わたしの内に挿れないでください」

「いいの？　あなたが、あの子たちに犯されるかも知れないと怯えてるから、挿《い》れてあげるのよ。塞がっていれば、安心でしょう？」

本気でシメールがそう考えているのか疑わしく、桜庭は頭を振って拒絶した。

前方は、「恋人を裏切らないために」と言ってビーズスティックを挿し、射精できなくさせた。それでいて、ディルドーの挿入は裏切りにならないと言うのだろうか？　訝《いぶか》りながら、桜庭は抗弁《こうべん》した。

「九頭さんは、わたしをメス犬にはしないと約束してくださいました。ですから、ふ…塞いでいただかなくとも、わたしは犯されないはずです」

ほとんど虚勢《きょせい》だったが、ほっそりと長い首筋を伸ばして、桜庭はまっすぐにシメールを睨みつけて言った。

するとシメールは、九頭の両脇でおとなしく座っているボルゾイたちを振り返ってから、かれらの代弁者《だいべんしゃ》となった。

「そうね。あの子たちは、あなたが望まない限り、あなたを犯したりはしないわ。ただちょっとだけ、あなたを楽しみたいと思ってるのよ」

犬の玩具《おもちゃ》にされる桜庭が、絶望と屈辱を感じて口唇を噛むのを見て、シメールが眸を細めた。

「そんなに絶望的にならなくてもいいのよ」

ディルドーの挿入を止めたシメールは、右手の人差し指をかるく振った。

二頭のボルゾイが立ちあがり、繋がれた桜庭の方へ歩きはじめた。

リノリウムの床は、犬たちの爪を傷つけず、跫音も呑み込んでしまう。

獣臭さはないが、荒々しい息づかいが聞こえたことで、かれらが恐ろしく近くにいると判り、桜庭は緊張した。

犬たちと目を合わせたくはなかったが、どこまで来ているのかを確かめるためにも、かれらを探さずにいられない。

二頭の犬は、桜庭の目の前に並んで座り、茶色がかった瞳で——自分たちの玩具を見つめていた。

あまりに間近に二頭がいたことで戦いた桜庭を、内奥の球が刺激し、革鞘《サック》がぎちりと食い込んだ。

「あっ…あっ……あぁぁっ」

堪らなかった。声を怺えることはできず、天井から繋がれた両手の鎖を鳴らして、桜庭はのけ反ってしまった。

無意識に反ったために、犬たちに向かって胸を突きだす恰好になる。

「あぁぁぁ！」

まだ桜庭が、下肢に受けた刺激から我に返らないうちのことだった。

シメールの合図で、犬たちは腰をあげ、自分たちに向けられた淡色の乳嘴《ちくび》を舐めた。

「ひうっ！」

悲鳴とも呻きともつかない、両方が混じりあった叫びをあげて、桜庭が自由にならない身体をもがかせた。

だが犬たちもまた、桜庭を追って前へ進み、カイルが右の乳嘴を、ボイドが左の乳嘴を、大きく、熱く、濡れてぬるぬるの舌で舐めた。

「やめぇ……はぁ……はぁ……あっ…あっ……」

犬の長い舌による一舐めは、たっぷりと時間がかかる。

舐めあげられて、大きな舌が離れるまでに、桜庭はもう、どうしようもなく昂ぶってしまった。

様子を見ていたシメールが、耳許で囁く。

「乳嘴も好きなのね。恋人に調教されたの？」

桜庭は答えたくなかった。桜庭の乳嘴を敏感に仕上げたのは、聖グレゴ園の教師たちだったからだ。彼らの口であり舌であり歯であり、手と指と爪と、箝搾具《クランプ》だったのだ。

「うう…ぅ……いやです…。止めさせて……」

濡れた鼻面が触れてきて、桜庭の乳嘴が舌で巻きとられる。

「あう――…」

犬たちは、母犬の乳嘴を吸うように桜庭の胸を吸おうとしているのだが、小さな突起《とっき》は、大きな口では思うようにはゆかない。それゆえに、いっそう真剣になって、舐めあげ、しゃぶろうとしだした。

乳嘴からの刺激が、封印された前方へダイレクトに伝わり、恐ろしいばかりの快感が起こってくる。

桜庭は身を揉んで悶えたかったが、スティックの球に掻き乱されて身体の奥はどうにかなりそうであり、前方は革鞘《サック》によって締めつけられ、息苦しかった。

唯一できることは、声をあげるくらいだったが、それすらも、大きな声が体内の球を振動させた。

「どうしてこんな――に……っ…うくぅうう……」

しこり勃《た》った乳嘴を犬たちの涎で光らせながら、桜庭はのけ反り、閉じられない脚をがくがくと慄わせる。

「あうっ、ああっ、あぁぁっ」

慄えが球に伝われば、それだけ桜庭は感じてしまい、けれども達することができずに苦しんだ。

犬たちが乳嘴を諦めて離れた。

ほっとする間もなく、カイルが腹部を、ボイドが後ろにまわって背筋を舐めはじめたのだ。

「あ、あうっ……あうう…あぁう……」

桜庭は歔き声を放った。

大きくて長く、熱い犬の舌の触感は、男たちの巧みな舌技とはまったく違った。

男の舌は、桜庭に鋭い快感をもたらし、身体中を戦慄させるが、犬たちの舌はどれほど忙しく動いても、一気に絶頂へと追いあげられるようなことはなかった。

だが、焼けつくような犬たちの舌は、熱心であり、なぞってゆく面積も大きい。その広い舌は、舌先《せんたん》と両脇、中ほどと奥とで、すべて異なった蠢きかたをする。

一度舐められるだけで、桜庭の肉体は、撫でられ、くすぐられ、吸われ、毟《むし》られ、擦られ、揉まれ、捩られ……と、ありとあらゆる触感を受けるのだ。

犬たちからもたらされるものは、すべて快感に変わり、肉体が、酩酊《めいてい》してゆく――。

舐《なぶ》り殺される――。

「あっ…あっ……こんなのっ…ゆるし…て……いっ…あぁ………あうぁぁ……」

桜庭は、熱せられてとろけ、流れてゆく蜜蝋《みつろう》のように、身体中から力を奪いとられてしまい、緩慢だが絶対的な快美感に襲われ、啜り歔《な》いた。

埋め込まれた球が、内奥で暴れている。

締めあげられた前方が、解放を願っていた。

「ひッ……あ……あぁ……」

灯された肉奥の炎に焙《あぶ》られ続け、桜庭はどうにかなってしまいそうなのだ。けれどもまだ、犬たちには、上半身を舐められただけだった。

臍を舐めていたカイルが、革鞘《サック》に締めあげられ、先端だけ剥《む》きだしになった桜庭の前方へ、鼻面を押しつけた。

絞りたてられ、スティックを挿《さ》された先端はいつもよりも過敏になっている。

刺激を受けるなり、桜庭は悲鳴を放った。

「あぁ……駄目……そこは……あぁ……あう……」

触れられたせいで、一粒《ひとつぶ》だけ外に残された球も動き、それが桜庭の内奥を掻きまわした。

「あっ…あああっ…や…やめ……あっ…いっ…ぅんん……」

続けざまに悲鳴を放ちながら、前方を庇おうとして前屈《まえかが》みになると、今度は後ろへ腰を突きだすことになってしまう。

背後にいたボイドが、ひらいた谷間へ鼻面を押し込み、革鞘《サック》の下方で潰されていた双果から秘所へかけて、涎のたっぷりついた舌で舐めた。

「やぁぁ……だめっ…いっ……いぃっ……あぁぁ…いやぁ！　…」

秘所を舐められて桜庭がのけ反る。

すると前方のカイルがまた、金色の球を覗かせた頭冠《せんたん》を、べろりっと舐めた。

精路に納まったビーズスティックが動き、桜庭の最奥を興奮させる。

「……あぁぁぁ…はぁ…はぁ……はぁ…あぅ……くぅ…あうぅ……」

あまりの刺激に前方を庇えば、後方の犬に肉体の弱みを与えてしまうことになる。肉体が発熱したようになり、桜庭は叫んだ。

「やめて、やめさせてくださいっ！」

なんどか抵抗したが、結局は、両腕を繋がれたまま温和《おとな》しくなるしかなかった。前も後ろも、犬たちから逃れることはできなかったからだ。

温和《おとな》しくしても、犬たちは止めない。淫らな音を立てながら、舌でいっそう桜庭をいたぶりだした。

「んぁ……んッ……」

舐められるたびに、前後からわき起こる快感で気を失いそうになるが、寸前で引き戻され、桜庭は消えることのない炎熱に喘ぎ、狂態《きょうたい》を晒《さら》すばかりとなった。

「くふぅぅ……んッ」

喜悦の声を洩らし、身体から強張りのとれた桜庭へ、犬たちの愛撫がいっそう度を超えたものになった。

カイルは、紐が食い込んだ筋裏から球を覗かせた先端の円《まる》みまでを受け持って、桜庭に歓喜の悲鳴をあげさせる。

ボイドは、双果から秘所へかけてをじっくりと舐め、とろけた肛襞へ、ねっとりとした舌を押し込んだ。

「い…いや――いれないで」

硬さはないが、様々な蠢きかたをする犬の舌に肉体の内側を舐められ、どうにかなってしまいそうな桜庭は、必死に頭を振った。

「舌がっ！　いや、いやです。入れては駄目です……」

拒絶を感じた犬が、軟体動物《なんたいどうぶつ》のような舌を抜きとり、媚肉《びにく》の襞を小刻《こきざ》みに舐める。

ほっとしたのも束の間だった。

桜庭は、ふたたび犬の舌が侵入し、肉筒《なか》を舐めまわしてくれるのを自分の肉体が待っているのに気づき、愕然となった。

欲情が腰の悶えに出てしまったのかも知れない。双果を包むように舐めていたボイドが、鼻先を秘所へすべらせ、押しつけてきた。

桜庭を鼻先で押し開こうとしているのだ。

柔らかい犬の舌を受け入れるには、桜庭が窄まりをゆるめ、力を抜かなければならない。

――だめ…と思うものの、窄めていようとする力がゆるんで、ボイドにこじ開けられてしまった。

「あぁひぃっ……いやっ……い……だめっ……」

肉襞をひろげた大きな舌が、隘路を埋めつくし、軟体動物となって蠢きまわった。いまだかつて誰にも舐めさせたことがないほど深くをくすぐられ、桜庭は弾ませていた息を吐息に変えて、歓喜を歌いだす。

「っ……ん……あ……っ……ふ……あっ……」

犬たちに、悦かされてしまっているのだ。

気が狂いそうだった。

犬たちの舌は、終わりのない快楽となって、桜庭をいつまでも啜り歔《な》かせるからだ。

桜庭がボイドの舌で肉筒を舐めまわされ、感じている姿を、シメールが凝視《みつ》めていた。

シメールは、一瞬の間に感動的なものを見そこねてしまうとでもいいたげに、瞬きするのすら忘れていた。

だが、発情した桜庭がボイドに舐めさせながら、前方はカイルに委ねきって、肉の快美に恍惚となっているのを見ると、満足して九頭のかたわらに立った。

「ステキね、あの子たち。もうあんなに仲良しになったわ」

シメールは、仮面をつけていない左側から九頭の耳許に囁くと、彼の背に手をかけ、身体をまさぐりはじめる。

過去に起こった、不幸な、そして卑劣《ひれつ》な事件で傷つき損なわれた九頭の肉体にも、微かに情欲の炎が宿っていた。

シメールと九頭は、犬たちに悦《い》かされる桜庭を凝視《みつ》めながら、いつしか肉体を重ねあい、二人だけの愛のリズムで求めあっていた。

Ⅳ

シメールが止めなければ、桜庭は犬たちによって、何時間でも善《よ》がらせられていただろう。

身も心も舐め蕩《とろ》かされ、小刻みに痙攣し続ける桜庭を、シメールは抱いてバスルームへ運び入れると、大きな楕円形バスタブのなかに降ろし、シャワーのコックをひねった。

彼女は、バスタブの栓を嵌めずに、シャワーの湯が桜庭の身体に降りかかって流れ出てゆくようにする。

桜庭は、シメールがバスルームを出てゆくのを待って、装着されたペニス革鞘《サック》の紐をほどき、惨いあつかいを受けていた前方を解放した。

「は――ぁああ……」

深いため息が口唇から洩れる。

だがまだ、桜庭のスリットにはビーズスティックが埋め込まれていて、先端の球が際どいところに納まっているのだ。

バスタブのなめらかな傾斜に凭《よ》り掛かると、慎重に外の一粒を掴んで、肉体の内側から引き出しにかかった。

少しの刺激でも声を洩らし、身体がよじれ、はしたないことになりそうだったが、もう充分に、醜態は晒してしまった。

二人の前で、何度も何度も、快楽の極致を感じて叫んでしまったのだ。

身体中が涎でべたべたになったが、軟体動物のように動きまわる、長くて、大きく、熱い舌――犬が、あれほど悦《い》いとは思わなかった。

想い出しただけで、下腹部から背骨の付け根あたりに熱を帯びた疼きが走り、じっとしていられなくなってくる。

けれども、あれほど犬たちに悦《い》かされ、身も心も浮き立つような快感を経験した桜庭だが、――それゆえにか、いつに増しても、鷹司が恋しくなっていた。

愛する鷹司の、硬くて熱い男で貫かれ、絶頂の鋭い痺れを全身で味わいたかった。

「自分の肉欲には際限がない」そう桜庭は自己嫌悪に陥りかけたが、引き摺りだしたビーズスティックの刺激が、鬱ぎかけた気持ちを弾き飛ばしてしまった。

「あ、あ、あ、あぁ…」

球が一粒ずつ出てくるたびに、バスタブの中に投げだした桜庭の爪先に力がこもってくる。

最後のひとつが、括れて狭まった部分を通りぬけた瞬間、目の前が眩んだ。

「んッ！　…くうッ！」

スリットをめくりあげて金色の球がぬけたと同時に、封印されてきた悦楽が飛び散り、桜庭はバスタブに背中を打ちつけるほどのけ反った。

「ん、んっ…あぁぁ――…」

爪先に力が入って、両脚ががくがくと痙攣を起こす。

下肢にたまっていた快楽の蜜液は、すぐさまシャワーに流されて排水口に呑み込まれてゆくが、封印されていた時間の永さと官能の重さを顕すかのように、いつまでも迸り続け、恥ずかしいほどになった。

桜庭はバスタブの背に凭れ、眼を瞑ってあおむくと、口唇を開いたまま余韻にひたった。

だが歓喜に酔いながらも、淫らな自分が嫌になり、桜庭の目尻に涙が浮かんだ。

「男の子が泣いちゃだめよ」

いきなりシメールに言われて、桜庭は慌てて眸をあけ、無防備に晒していた下肢を隠すように、両膝をかかえて抱いた。

いつから見ていたのか、彼女はバスタブの縁に腰をおろし、微笑んでいた。

桜庭は、両腕で抱えこんだ膝に額をつけると、泣いた貌を埋めて隠した。

シメールは笑いながら、バスタブのなかからペニス革鞘《サック》とビーズスティックを取りだした。

「自分で外しちゃったのね。残念、あなたを味わいたかったのに」

冗談めかして――半分は本気で、シメールは言うと、犬の唾液まみれになった桜庭の身体をシャワーで流しはじめた。

「どうして泣いたの？　怖くなかったでしょう？　あの子たちは、あなたをとても好きになっちゃったわよ」

桜庭は膝頭から顔をあげて、シメールを見た。

泣いてしまったのは、自分の肉体が、愛撫してくれるのならば誰でも、――犬でもいいのか――と、自己嫌悪に陥ったからだった。

シメールは桜庭が答えるのを待っている。仕方なく、桜庭は告白した。

「犬に悦かされた自分が、情けなくて、口惜しかったからです」

「悔しがる必要なんてないはずよ。とても気持ちよかったでしょう？　愉しんでなにがいけないの？」

こだわりのない口調でシメールに言われると、桜庭の心が、すこしばかり軽くなった。

なおも、シメールは訊いてきた。

「女性と愛しあったことはあるの？」

桜庭は頭を振って否定した。

「ありません…。女性と経験する必要を感じていたときもありましたが――」

するといきなりシメールが、声を弾ませた。

「だったら、あたしが経験させてあげるわ」

「いいえ、それは遠慮します…」

桜庭は即答で断っただけでなく、バスタブの中で後退り、シメールから逃げかけた。

「あたしは、あなたのタイプじゃないから?」

シメールはジッと眸を逸らさない。答え方の如何によって、桜庭はシメールに襲いかかられるのではないかと恐れた。

なにしろシメールは、女性とはいえタリオの使徒であり、桜庭を「お姫様だっこ」して運べる力の持ち主なのだ。

切羽詰まった桜庭は、未整理な自分の気持ちを打ち明けることにした。

「いいえ、そうではなくて…、女性と恋愛しなければならないと思った時期があったのですが、それはもう終わったといいますか、…諦めたといいますか。はじめて好きになった人が同性で、わたしは——…」

そこまで言いかけたが、「わたしは過去のトラウマで、同性としか恋愛できないのかも知れない」とまでは、言葉を続けられなかった。

シメールに、彼女だけでなく他の誰にも、聖グレゴ園での出来事を知られたくはなく、知らせる必要もなかったからだ。

聴いていたシメールの方が、都合よく解釈してくれて、納得したように頷いた。

「いまの恋人が、そのはじめて好きになった人で、男性だったわけね？」

「ええ、もう一人好きな男性はいますが、その人は養父なので恋愛の好きとは違います。龍星とルキヤにも愛情を持っていますが、恋愛ではありませんし……」

もう話さなくても判ったと言いたげに、シメールは頷くと、バスタブの縁から立ちあがった。

「身体を洗ってあげるわ」

いきなりシメールが、着ている革製のビスチェとボトムを脱ぎはじめた。

「一人で洗えます」

桜庭は慌てて貌を背け、女性の裸体を見ないようにしながら叫んだのだが、眸の端に引っかかった事実に驚き、シメールと向かいあってしまった。

シメールは、性転換者だった。それも、上半身が男性で、下半身が女性というスタイルだったのだ。

しかし、ビスチェを着ていたシメールは、たしかに胸があるように見えた。美貌と、やや低いが女の声に、女言葉。男だったとは、思いもしなかった。

呆気にとられた桜庭を、シメールは笑った。

「そんなに驚く？　いま、あなた方が処理中のターゲットも性転換させた男だって聴いてるわよ。なのに、見慣れてないの？」

「え、ええ、それほど詳しくは――…」

「断っておくけど、あたしの場合は、自分の趣味でこの身体になったのよ。ポールとボールをとって、ホールを造ったの。バストはね、『処理』のときに邪魔になるからまだ入れてないけど、いずれは造るつもりよ」

伝説のアマゾネスは、弓を引くのに邪魔だという理由で右の乳房を切除していたと伝えられる。頭の裡ではアマゾネスの話を考えていたが、突然、桜庭は思い立った疑問を口にした。

「性転換したのは、九頭さんのためですか？」

少しばかり曖昧に、シメールは肯いた。

「自分の願望よ。昔から女になりたかったの、養成所にいる間に手術したのよ。もっとも、あたしをタリオの養成所に入れたのは九頭だから、彼のためもあるかしらね」

「九頭さんを愛していますか？」

これくらいは訊いて、答えてもらってもいいはずだと、桜庭は思った。

「ええ、九頭を愛してるわよ。でも、彼は若い頃の事故で性衝動が弱いのよ」

続いて、シメールから謝罪の言葉がでた。

「あなたに、カイルとボイドを使ってあんなことしたのも、あたしたちが興奮したかったからなの。悪かったわ」

二人の関係と、二人の事情が判ってきて、桜庭も色々な意味で立ち直ってきた。

「わたしでお役に立てたのならば、よかったです…」

いつものように、舌がなめらかになってくる。

シメールが眸を細めて桜庭を凝視《みつ》めながら、訊いた。

「でも、恋人に知られたら、あなたは困ったことになるんじゃないかしら？」

桜庭は、その恋人とは一ヶ月も逢えないのだ。

戸隠での経験は、電話やメールで伝えられるものではなかった。鷹司に打ち明けるとしても、ベッドのなかか、あるいは面と向かいあってにしたいと思った。

だが一ヶ月も経った後で、鷹司に向かって包み隠さず――二頭の犬に舐められ、死にそうになるほど悦《い》かされてしまったと、自分が話す気持ちになっているとも思えなかった。

「黙っていますから、大丈夫です」

桜庭は自分で結論をだした。

「気づかれなければいいのね」

答えを聞いて、シメールが声を立て、朗らかに笑った。

「お詫びに、カイルの他に、ボイドを無料で貸してあげるわ。ターゲットは二人でしょう？同時処理できるわよ」

意外な展開に、桜庭は驚きつつも、にっこりと微笑み、礼を言うのを忘れなかった。

「お詫びを受け容れてくれてよかったわ。ついでに、今日は泊まっていってね。もう駅まで送るのは面倒だわ。それと、あなたが望まない限り、もう誰もあんなことはしないから、心配しないでね」

「泊めていただけると、わたしも助かります」

なぜかもう、桜庭は心配してはいなかった。

そして、最終の新幹線に間にあえば帰るつもりだが、だめならば戸隠か長野駅周辺のホテルに宿泊するしかないと考えていたので、シメールの厚意に感謝した。

「洗ってあげるわ」

シメールが、蜂の巣のような海綿《かいめん》にたっぷりと泡をつけて、バスタブのなかへ入ってきた。

桜庭は、赤ん坊になったようにされるがままになり、シメールに髪まで洗ってもらった。

泡を流しきると、シメールは底にある栓を嵌め、今度はノズルのコックをひねって、湯を勢いよく排出させた。

それから桜庭の後ろにまわり、身体を自分へと凭り掛からせて抱いた。

二本のスプーンを重ねたように、桜庭の身体はシメールと添いあい、リラックスして力がぬけた。

意外なほど、――自分でも信じられないほど、桜庭は安心しきっていた。

シメールにはペニスがないのだから、背後にいても犯される心配はないのだ。それが、こんなに安心できるとは思わなかった。

「龍星とルキヤのことを話して。あたしは別の養成所にいたから、彼らを知らないのよ」

背後のシメールが言った。

桜庭はバスタブに満ちてくる湯のなかで手足を伸ばしながら、二人は今ごろどうしているだろうかと考えながら、話した。

「龍星は、二十歳になる背の高い子です。顔立ちも整っているのに、いつも思い詰めたような眸をしていて、あまり笑わなくて口数の少ない静かな子なのです。『処理』の時にも几帳面な性格がでている気がします。一通りなんでもこなせる能力を持っている子ですから、わたしがエントリーする『物件』では満足していないだろうと思います……」

「だったら、龍星にあった『物件』を選んでやればいいじゃないの。それこそが、主人《マスター》の役目だわ」

「ええ、その通りですね……」

もっともだと思うが、桜庭は怖いのだ。擁する使徒を使い捨てにできる幹部《マスター》もいるが、桜庭は二人を喪うことが怖くて、彼らが充分に特技と能力を発揮できる――すなわち危険な『物件』を、選択できないでいる。

過去に、自分の手で始末しなければならなかった使徒ミツルのことや、失敗したファイル№２０１８が原因にあるかも知れなかった。

「龍星とは恋人同士ですが、兄弟のような関係でもあるルキヤは、まだ十六歳です…」

桜庭は話題を戻して、ルキヤについて話した。

「人形みたいに可愛い貌だちの子で、よく女の子の服を着て『処理』に行きます。頭の回転が速くて、場の空気を読んで、わたしが必要としている物や言葉を補ってくれるので助かっています。彼はいつでも好奇心が旺盛で、ナイフをコレクションしています」

シメールが嬉しそうに笑ったのを、身体で感じとった桜庭は、背後の——「彼女」を振り返った。

「ルキヤとは気が合いそうね。あたしも、ナイフにはうるさいのよ。それで、二人はあなたをなんと呼ぶの？」

「桜庭さん——です。お養父さまと呼ばせたいのですが…」

くっくっくっと、身体を慄わせてシメールが笑い、バスタブに満ちていた湯が、溢れだした。

「無理よ。あたしの勘では、龍星はあなたに惚れていて、ルキヤちゃんは……」

不意にシメールが言葉を切ったので、桜庭はその先が気になってしまった。

「ルキヤはなんですか？」

もう焦らさずに、あっさりシメールは言った。

「母性愛に近いもので、あなたを包んでるわ」

桜庭は複雑な気分だったが、どう反論してよいか判らずに、黙ってしまった。

笑うのを止めたシメールの方は、革の拘束具が嵌っていた桜庭の手首や足首を取って、マッサージしてくれた。

彼女は、桜庭を優しく扱い、面倒をみてくれた。その手つきは、生まれた子犬か、病気の犬を手当てするときのように献身的で慈愛《じあい》がこもり、見返りを期待していなかった。温まってバスタブからでた後も、シメールはパイルカーペットの敷かれた隣室へ桜庭を連れてゆき、身体を拭いて、新しい下着を穿かせてくれた。

部屋の棚には、ラベンダーやデージーといった草汁で染めた手作りのタオルが山のように納められていて、肌に触れた感触は最高級のエジプト綿のタオルと同じだった。

これらのタオルと、桜庭が着せられたガウンや下着などすべてが、庭で育てた綿花を摘んで染色し、シメールが織りあげたものだと教えられ、驚かされた。

「なにもかも自給自足よ。今夜の食材も、これからあたしが狩りにいくの」

桜庭が自分で髪を乾かしている間に、迷彩服に着替えたシメールがそう言った。

「本当ですか?」

眸を見張った桜庭に、シメールは頷いて応えると、アマゾネスのように、矢をつがえて弓を射る身振りをしてみせた。

「滋味に富んだ鶉か山鳩を獲ってきて料理してあげるわ。あなたが喪った分だけ快復できるように」

鉄分や、チアミン、リボフラビン、プロテインなどを多く含む山鳥は、滋養強精の食材だ。

言われた桜庭は、自分の痴態を想い出し、恥ずかしくなった。

「二階の客間へ案内するわ。荷物は運んでおいたけど、あなたも運んであげましょうか?」

桜庭が答える間もなかった。

いきなりシメールは、力強い腕で桜庭を抱きあげ、バスルームから続く部屋をでてしまったのだ。

二階へは階段ではなくエレベーターを使って上がり、東側の客間に、桜庭は連れてゆかれた。

白い漆喰壁の客間は、出窓と、腰高板の一部に暖炉のある部屋で、中央には鳥籠を思わせる天蓋付きのベッドが据えてあった。

ベッドへ桜庭を降ろして、シメールはクローゼットの前に置かれた旅行鞄を指した。

「鞄と靴はあそこよ。神父服は掛けておいたわ。ポケットのナイフもそのままよ。でもロザリオはなかったわ、落としたのかしら?」

シーツは、バタークリーム色のサテンで、少しひんやりとした感じが火照った身体に心地好い。急に眠くなってきて、桜庭は横たわったままシメールに答えた。

「ロザリオは、白須さんが引きちぎって、壊してしまったのです」

桜庭が、タリオの幹部でありながら裏切り者となった白須洋一に拉致され、傷つけられた事件をシメールは知っていて、それ以上を言う必要はないと頷いた。

その代わりに、桜庭のガウンを脱がせ、クローゼットから出したパジャマを着せてくれた。

「眠るといいわ」

ベッドを取り囲む、ウェディングベールのようなオーガンジーのカーテンを引いて、シメールが囁いた。

「夕食は七時ごろの予定よ。ベッドへ運んでくるから、独りでゆっくり寛いでちょうだい」

九頭と顔を合わせたくないと思っていた桜庭には、喜ばしい配慮だった。

第四章　シメール

I

夕食は、シメールが脚付きのトレイで運んできてくれたので、桜庭はベッドの上で食べた。

アマゾネスと化して食材を獲ってきたシメールは、料理人としても申し分なかった。

メニューは、虹鱒と野菜をコンソメ味のゼラチンで固めた冷菜からはじまって、鶉の卵のスープに、鹿肉のテリーヌ、ロブスターよりも甘くて引き締まった味の茹でたザリガニ、メインは約束どおりに山鳩のローストがでて、雑穀入りのパンと、自家製の山葡萄酒。

品数は多かったが、どれも少量だったので、桜庭は説明を受けながら、楽しんで食べることができた。

「戸隠山や飯縄山には食べられる砂があるのよ、それがこれ、『粟飯』とか『天狗の麦飯』とも言うらしいわ」

最後にシメールは、チーズにその「飯砂」を乗せたものをだしてくれたが、とても食べられそうもなく、桜庭は遠慮した。

「残念ね。いい想い出になると思ったのに」

白い歯を覗かせてチーズに乗った「飯砂」を食べてみせてから、シメールは残念そうに言った。

「いいえ…すごい経験はもうさせていただきました……それを想い出にします」

まだ犬たちから与えられた快感の余韻が、桜庭の肉奥に燻っている。

「あの程度で満足して、もう降参なの？」

ベッドの端に腰掛けたシメールが、桜庭を覗きこむようにして訊いた。

桜庭は頷いた。あれ以上は、自分がどうなってしまうか判らない怖さがあり、とても経験したくなかった——。

「充分です。わたしにはもう……」

様子を見ていたシメールの眸が、キラッと光ったのに、桜庭は気づかなかった。

「いいわ。そうしておくわ」

シメールはさも詰まらなそうに言って立ちあがると、大股に歩いてドアを開け、また戻ってきた。

「これで失礼するわ。九頭の食事と入浴を手伝わなければならないの」

九頭崇友の右手が義手だったのを思いだし、桜庭は自分のせいで彼に食事を待たせてしまったことを恐縮した。

「わたしが、あなたを引き留めてしまったからですね。九頭さんに申し訳ないことをしました」

「気にしないでいいのよ。九頭はね、本当は独りでなんでもできるの。でもあたしは、世話する振りして、彼にべたべたしたいのよ」

屈託なくシメールは答えると、トレイの脚を畳んで持ちあげ、客間を出て行った。

ドアが閉まると、桜庭はベッドを降りてクローゼットへゆき、旅行鞄から歯ブラシを出そうとして、携帯電話に着信表示があるのに気がついた。

マナーモードになった携帯電話には、桜庭が長野駅に着いた十三時から二十一時までの間に、ルキヤからの着信だけで十八件。ほぼ三十分おきに入っていた。

桜庭は、無事に着いた報告《こと》を、報せていなかったのだ。

慌ててかけ直したが、圏外で繋がらない。出窓のところへいって窓を開け、ようやく繋がった。

『さ、桜庭さんっ！』

電話に出るなり、ルキヤが叫んだ。その背後から、龍星とドールの声も聞こえてくる。鷹司が留守なので、二人は昨日からずっとドールと一緒なのだ。

心配していた彼らは、桜庭から連絡があったことで安堵したと同時に、今度は怒りだした。

『何回電話したと思う？　電波も悪くてぜんぜん繋がらないし、そこ、どんな山奥なの？　僕たちで、そっちへ行こうかって話してたんだよ』

彼らに来られては大変だとばかりに、桜庭は慌てた。

「鹿が住んでいるくらい山奥です。もしかしたら、熊もいるかも知れませんし、来るのは危険です。とにかく心配させてすみません。昼過ぎに戸隠に着いたのですが、色々…交渉に手間取ってしまったのです。でももう、すべて上手くゆきました。明日には帰りますからお留守番していてください」

喋りすぎる桜庭から、ルキヤはなにか感じたようだったが、電波が悪いせいかとも思った様子で、まだ言い足りない文句を最優先にした。

『鹿なんて公園にもいるじゃない……だいたい、独りでそんなところへ行くのが間違ってると思う。できる限り僕たちと一緒に行動するって約束だったじゃない。九頭って人が白須みたいな変態だったらどうするのさ』

携帯を手から取り落としそうになるくらい、桜庭は狼狽えた。それから、いよいよ透視能力を発揮しはじめたのではないかと思われるルキヤを、なだめにかかった。

「九頭さんは、タリオの幹部で立派な紳士でした」

半分は嘘だった。やはりルキヤは不審を覚えたらしく、矢継ぎ早に質問してきた。

『最初から幹部だと知ってたの？　どんな男？　若いの年寄りなの？』

「幹部の一人だとは、こちらへ来てはじめて知りました。どんな男性かといいますと、一口で言えばオペラ座の怪人でしょうか…」

九頭の仮面がなにと似ているのか、桜庭は思いついたまま口にしたが、逆にルキヤの心配を煽ってしまった。

『なに？　それ。やっぱり危ない男なんじゃない！』

「違います。九頭さんは、たぶん交通事故かなにかで傷ついた顔に、オシャレな仮面をつけているだけです。お身体の方も、右手は義手ですし、ステッキが必要な様子です。幹部ですが、もう何年も戸隠に隠棲なさっているのです」

ルキヤは黙って聴いていた。九頭が療養を必要とする身と知って、高ぶっていた感情が鎮まったのだ。

少なくとも、桜庭に襲いかかる体力はないと思ったからだ。

桜庭は、迂闊なことを口走らないうちに、ルキヤを安心させるように言った。

「それよりも聴いてください。一頭の料金でボルゾイを二頭も借りられたのです」

『つまりそれって、桜庭さんの、はじめてのお使いが成功したってこと？』

実際その通りだったので、桜庭は反論のしようもなかったが、「おまけ」も付けてもらえたことを、とりあえず伝えた。

「処理中は、シメールが犬たちの世話をしてくれるそうです」

『シメールって誰？』

「九頭さんの使徒です」

『シメールが！』

意外なほど大きなドールの声が、受話器から聞こえた。

ルキヤは落ち着いたが、なぜか今度はドールが、シメールの名前に反応してしまったのだ。

「ドールはシメールを知っているのですか？」

ルキヤが携帯をドールに近づけたのか、彼の声が明瞭に入ってきた。

『オレと同じところで訓練を受けた。最悪のイキモノだった』

「最悪…ですか？」

ドールにとっての最悪とは、どの程度を言うのだろうか——桜庭は不安になってきた。なぜならば、桜庭はシメールといて、とてもリラックスできたからだ。

『そう…最悪だ。アイツは頭のナカ…を混乱させる。桜庭サンも気をつけなければアブナイと思う』

シメールの顔は、妖艶な美女だが、上半身は肩幅のある男性のもので、下半身は性転換されて女性に変わっている。女の声と言葉で話し、気の配りかたは細やかだが、男の腕力を持ち、さっぱりとした性質でもある。彼女は、いくつかの動物が合体した「キマイラ」のような存在なのだ。

ゆえに、ドールは混乱したのではないか——と、桜庭は「最悪」の意味を解釈し、納得した。

「判りました。気をつけておきます。ところで、ルキヤたちはまだそちらにお邪魔しているのでしょうか？」

電話口の声が、ドールからルキヤに変わった。

『うん。今日はドールが日本刀を研ぎにだすって言うから、一緒に連れて行ってもらって、さっき帰ってきたところなんだ』

昨日、Cスタジオでドールが持っていた日本刀のことだ。かなり乱暴な使い方だったので、刃こぼれも酷く、早急な手入れが必要だっただろう。桜庭は、彼らが心配ばかりしていたわけではないと知って、ほっとした。

それに、研ぎ師との約束がなければ、三人は桜庭捜索隊を結成して戸隠を奇襲していたかも知れないのだ。

桜庭の無事と、必要な犬も借りられると判って、ルキヤはもう穏やかだった。

『日本刀を持たせてもらったときから、龍星って変だよ。取り憑かれたみたい』

桜庭にも、龍星の気持ちは判った。桜庭ですら、「処理」でドールが使っていた日本刀を見て、不思議に、強く、惹きつけられるものがあったのだ。

ただし、現場の雰囲気と大量の血に酔ってしまい、バッドトリップしてしまったのだが――。

『桜庭さん？　ねえ…大丈夫？』

心配そうなルキヤの声で我に返り、桜庭はとり繕った。

「ああ…なんでもありません。携帯の電波が悪いようですね。わたしは明日の昼頃の新幹線に乗りたいと思っています。あなた方は、今夜もそちらに泊めていただくつもりならば、ドールに迷惑を掛けないでくださいね」

ルキヤが声をひそめた。

『大丈夫。ドールって意外とちゃっかりしてるし』

「なにかあったのですか?」

『バルコニーにある岩風呂の掃除させられた!』

桜庭は苦笑して言った。

「当たり前です。一宿一飯の恩義は返さなければなりません」

それは桜庭も同じだ。

『はいはい。明日、東京駅まで迎えにいくから、新幹線に乗る前に電話してって、龍星がさっきから横でうるさいんだけど……痛いって、だったら自分で言えばいいじゃないっ、やだっ、わぁ、龍星が髪引っぱるっ! やだエクステしたばかりなのに』

電話の最後は、ルキヤと龍星の喧嘩になっていた。

間もなく、桜庭はベッドに入ったが、夕食の前に眠ったせいか、すぐには寝つけそうになかった。

手持ちぶさたもあって、枕に凭りかかったままルキヤからの着信履歴を消していて気がついた。

香港と日本の時差はマイナス一時間だ。ゆえに、現在の香港は二十時を過ぎたころになる。

もしかしたならば、鷹司から電話が架かってくるかも知れないという期待で、マナーモードを解除し、枕の下に携帯を忍ばせた。

II

ドアがノックされて、五秒ほどの間をおいて、テディベアを抱いた迷彩服のシメールが入ってきた。

「灯りが点いてたから、まだ寝ていないだろうと思ってきたわ」

ドールが「最悪のイキモノ」と言ったシメールの腕のなかで、テディベアが動きだす。彼女が離してやると、トイプードルは一直線に走ってきて、ベッドの縁に手を掛け、桜庭を見あげた。

あまりに小さくて、ベッドの上まで跳びあがれないのだ。

「マカロンって名前の、女の子よ」

シメールはそう言うと、ベッドに腰掛けてマカロンを抱きあげ、チュッと音をさせて目と目の間にキスした。お返しに、小さな舌がシメールの頬をぺろぺろ舐める。

大型犬のボルゾイとは違う舌の動きだった。一瞬だが、桜庭は眸を奪われてしまい、慌てて気持ちを切り替え、とりあえず話題を探した。

「…シメールは、ドールを知っていますか？」

小犬に顔を舐めさせたままで、シメールが答える。

「懐かしい名前ね。あの絡繰り人形でしょ」

「絡繰り人形？」

シメールはマカロンをあやしながら、大して興味もなさげに言った。

「顔も身体も、やることも全部完璧なのに、心だけ入ってないのよ。だからドールって名づけられたんだと思うけど、彼がどうしたの？」

ドールは、シメールを「最悪のイキモノ」と感じているのだから、「心が入っていない」わけではないと思う。だが桜庭は、どこまで話していいのか判らなくなり、一番当たり障りのない部分を選んだ。

「ルキヤと龍星が仲良くしていますので…」

「意外な三角関係《トライアングル》ね」

三角関係などといわれて、また桜庭がどきりっとなる。——このときの桜庭は、ルキヤと龍星がドールと一線を越えているとは思ってもいなかった。

ゆえに、鋭いシメールに、鷹司とドールと自分の関係を言い当てられたのではないかと戦き、話題を変えるために、慌ててマカロンを利用した。

いまの桜庭には、どんな犬も怖かったのだが、背中に触るくらいは可能だった。

マカロンの背中を、人差し指で二度三度と撫でてやり、讃美した。

「とても可愛いですね」

突然、指で背中を小突かれたマカロンはびっくりしたが、おとなしくシメールの腕に納まり、瞳をキラキラさせて桜庭を見つめた。

小突かれた後は、くしゃくしゃに撫でてもらえると思い、期待しているのだ。

「眠れなくて退屈してるのなら、この子を置いてゆくわよ」

小犬のふわふわの毛に指を入れて撫でながら、シメールは親切心から言った。

必要以上に慌てて、桜庭は遠慮した。

「いいえ。そろそろ休もうと思っていますので、子犬は連れていってください」

まさか小犬に襲われるとは考えていないのだが、そばにいる限り落ち着かないと思えたのだ。

「判ったわ。明日の朝食もこちらへ運ぶから、それまでゆっくり休んでね。帰りの新幹線は何時の予定なの？　長野駅へはあたしが送ってゆくわ」

「昼ごろの新幹線に乗りたいと思っていますが、なにからなにまで、お世話になって申し訳ありません」

「気にしないで。それより、あたしから龍星とルキヤにプレゼントしたいものがあるのよ」

マカロンを床に降ろして、シメールは迷彩服のポケットから二つのナイフを取りだし、桜庭の前に並べた。

一本は、折りたたみ式の「肥後ナイフ」で、もう一本はハンドルの底がハンマーとして使える大きな「ダイバーズナイフ」だった。

「あたしもナイフを蒐めてたけど、戸隠へ来てからは趣味が変わったの。それで処分したいけど、自分が大切にしてきた物だから誰彼の区別もなく渡したりしたくないのよ。あなたから龍星とルキヤの話を聞いて、彼らにはこのナイフだと思って選んだのよ」

「処理」の時は、犯行時の凶器を使うために、押収されたそれらは貸し与えられ、処理後に返却する。

ルキヤもそうだが、ナイフ好きは、使ってみて気に入ったもの、相性がよいと思ったものなど、同じ型を手許に置きたくなるようだった。シメールも、同じなのだろうと、桜庭は思った。

「ありがとうございます。二人が喜ぶでしょう」

多少なりとも、桜庭にもナイフの知識はある。どちらのナイフも、素晴らしい性能を持つが、ありふれた量販品だ。

価値があるとすれば、シメールの想い出がしみこんでいることくらいであり、それならばむしろ、遠慮するのは失礼な気がした。

桜庭はシンプルな肥後ナイフを手にとって、真鍮の鞘から刃を持ちあげてみると、刀身にはうつくしい波紋が浮かんでいた。

肥後ナイフは、明治の初めごろから、廃れゆく日本刀の刀匠もかかわったという、最高のポケットナイフなのだ。

「こちらは龍星にですね？」

確認がてら、桜庭はシメールに訊いてみる。彼女は、どれを誰にとは言わなかったが、間違わなかった桜庭を評価した。

「大きくてごついダイバーズナイフを龍星に選ぶかと思ったけど、さすがね。いいマスターだわ」

流石——と言われるほどのことではなかった。

先ほど電話で、ルキヤから日本刀と龍星の話を聞いていなければ、桜庭も間違えたかも知れない。それほど、二本のナイフはタイプが違うのだ。

肥後ナイフに見とれている桜庭の前で、シメールはダイバーズナイフを取って、ラバー製の鞘から引き抜いた。

ザッと音を立てて現れたのは、刃長《ブレード》が十八センチもある両刃《りょうば》のごついもので、ハンドルは指にあわせてくびれがあり、底に金槌《ハンマー》状の金属がついていた。

「ルキヤちゃんには大きいかしら？」

ナイフを反転したシメールが、桜庭に持ってみろと差し出した。

最初、桜庭は何気なく触れただけだが、指先から手のなかにハンドルがすべりこんできてフィットする気がした。

誰かと握手するのにも似た感触。

柄を持ったままのシメールが手を離せば、いっそうダイバーズナイフはずしりと重みを持って、桜庭と密着するだろう。まるで、昔からの馴染みのように——。

「握りやすい……」

自然と言葉が、桜庭の口唇を突いてでたが、ちょうどそのとき、マカロンがドアの方へ向かって、「きゃん」と鳴き、シメールの意識は小犬へ移った。

桜庭も、ドアに吼える小犬へ注意が向く。

ノブが回り、廊下側からドアが開いて、ボルゾイの長い鼻先が見えた。

「あら、だめよ」

シメールがナイフを離して、ベッドから立ちあがった。

彼女の支えを喪って、重いナイフが桜庭の手のなかに納まった。

ずっしりと重いナイフ。

手に納まった途端に、桜庭は頭の芯がふらっとなった。

脳裏に、一度に何枚もの写真をぱらぱらっとめくるように、光景が現れては消える。

過去の光景と記憶が蘇ってくる。

桜庭は、以前にも、誰かに、こんな風にナイフを渡され、持たされた気がするのだ。

ぬるぬるした、血のいっぱい付いたナイフ。

渡されるがままに握ってしまったために、桜庭の手は血だらけになってしまった。

血――赤い血。

頸動脈と両手首を切って自害した実父の血――。

「やめてくれっ、殺さないでくれっ…どうか、どうかっ、頼むっ、頼むからっ！」

ダイバーズナイフの両刃に、血が付着していた。先ほどまでは、無かったはずの血痕だった。

「お前はそうされて当然の罪を犯したのだ」

昨日、Cスタジオでみた幻覚が、ふたたび桜庭を襲ってくる。

「シ…シメール……」

桜庭の感じている衝撃は、侵入してきた犬たちが原因だと思ったシメールが、二頭をドアまで押しやった。

「だめよ、向こうに行ってらっしゃい。まだだめよ」

そして彼女もドアのところから、ベッドの桜庭を振り返った。

「驚かせてごめんなさいね。この子たちを連れて行くから安心して。マカロン、お前もよ、いらっしゃい」

シメールは犬たちを急きたてながら、「お休みなさい」と言って出て行ってしまった。

独りきりになって、あらためてナイフを見たが、血など付いていない。当然、両手もきれいだった。

幻覚を見た理由を知りたくて、桜庭は何度か、ナイフを握り直してみたが、もうなにも起こらなかった。

「既視感」なのか、あるいは「ナイフに宿った記憶」とまでも考えてみたが、それでは昨日、ドールが「処理」するところを見ていて同じ状態になったのはどうしてなのか、判らなくなる。

身近にナイフを置いておくのが、怖くなった。

桜庭は鞄の底に二本を忍ばせると、念入りに手を洗ってからベッドに戻り、カーテンを引いた。


オーガンジーの繭に包まれて眠りについたが、夢見は最悪だった。

夢のなかで、桜庭は昔に戻っていた。それも、実父が自殺したあの日に——。

日曜日だった。

毎週日曜日の午後になると、院長先生を含めて数人の教師は、舎監棟の客間に集まり、競馬中継を観ていた。馬券を買っている教師もいて、テレビで観戦するのがほとんど習慣的に行われていたのだ。

彼らは、アブサンを呑みながら、競馬中継を観ている間にできる別の愉しみとして、桜庭に口唇奉仕《フェラチオ》を強要した。

桜庭は、跪いて男の股間へ貌を埋め、彼が達すると次の男の股間へと、床を這いずり回らなければならなかった。

あの日も、十四時から十六時まで競馬中継があり、暖かく埃くさい客間には、四人の教師が集まっていた。珍しく、院長先生は急用で出かけていたが、馬券を買った教師たちは、桜庭を使って予定どおりの愉しみ方をした。

テレビ中継がおわり解放された桜庭は、「あとで大切な話がある」と言っていたファーザーを捜していて、告解室の前で倒れているのを見つけてしまった。

ファーザーは、桜庭に向かって、血まみれの手を差しだしてきた。

その背後に、蹲った黒い塊が見えた。

影のような塊は、立ちのぼる煙のようにゆっくりと起きあがり、長身の男の姿に変わる。

黒衣を纏った男は、ドールだった。

「やめてくれっ、殺さないでくれっ…どうか、どうかっ、頼むっ、頼むからっ！」

背後から、ファーザーの口を塞いで顔を上向かせたドールは、手首の動きを最小限に抑え、その分だけ力が籠もるようにして、咽喉を切り裂いた。

瞬時の出来事だった。

辺りに血が噴きだし、血の雨が降りかかってはじめて、桜庭は悲鳴を放った。

桜庭の悲鳴に気づき、ファーザーを離してドールが立ちあがる。

返り血を浴びた彼の顔に、いつも、桜庭に逢うと最初に見せる表情、——ぎごちない笑みが、あらわれた。

ドールは笑いかけながら、ファーザーを殺したナイフを差し出してきた。

操られたように桜庭の手が動き、そのナイフを受けとってしまった。

手中に、ずしりと重く納まったのは、ダイバーズナイフ。

血はまだあたたかく、ぬるぬるになった手から、ナイフが床へと滑り落ちた。

ドールの姿はもうない。

目玉が飛び出すのではないかと思えるほど眼を剥いたファーザーが、桜庭の足首に掴まり、身体に手を掛け、よじ登ろうとしてくる。

けれども、筋が切れた手首は掴む力もなく、首から噴きだす大量の血で、美食と高慢に膨れていたファーザーの顔が、見る見る萎んでゆく。

残忍な光を宿していた瞳は輝きを失い、好色そうな厚い口唇も、皺だらけになった。

血の湖が床に広がり、いつしか、桜庭の手も、顔も、身体も、血だらけだ。

桜庭は想い出した。

いままで、記憶の襞の内側に折りたたまれて忘れていた事実。

実父《ファーザー》は自殺ではなかった。

ドールが殺したのだ――。

「まさか、そんな…まさか！　…いや、いやっ、ド……ール……ッ」

叫んだ自分の声で眼が醒め、飛び起きて数分後、いま見たすべてが夢だったと気づいた。

忘れたか、封印された記憶でもなかった。

見ていたときには違和感を覚えなかったが、ファーザーを殺したドールは、現在と同じ青年の姿をしていたのだ。

実際のドールは、桜庭よりも二歳年下であるから、もしも夢が本当の出来事だとしたら、彼は十二歳でなければならないのだ。

どうしていまさら、過去と現在が混じりあい、邪悪さを増して襲いかかってくるのか。

接触恐怖症も、血液恐怖症《hemophobia》も治まったはずなのに、Cスタジオでドールの「処理」を見てから、桜庭はおかしいのだ。

狂いはじめているのならば、憶えておかなければならない。

そのはじまりの日を……。

眠気が削がれてしまった桜庭は、無性に鷹司が恋しくなり、枕の下から携帯電話を取りだした。

午前三時になっていたが、鷹司からの着信履歴はなかった。

それでは彼にメールを送ろうかと思い立ち、サイドテーブルの灯りを点けたときだった。

ベッドの下に、二匹のボルゾイが座っているのに気づいた。

驚きの悲鳴を呑み込んだ桜庭を、カイルとボイドは見あげていたが、耳を後ろに引っぱる仕種で、眼を細めて口を開け、前歯を剥きだしにした。

過去の悪夢も、犬たちがこっそり入り込んでいたショックも、鷹司から一度も電話がこないという落胆も、なにもかもが桜庭の裡から消去されてしまうほど、変な顔だった。

二匹は、桜庭を凝視《みつ》めながら、耳まで裂けた口をさらに吊りあげ、開いた口吻から歯を剥きだしで静止している。

少し前までの、かれらに対する桜庭の感情が、いま見た顔によって、別の印象に上書きされてしまった。

怖い、恐ろしい印象が、珍妙で、お茶目に変わったのだ。

ベッドから手を伸ばし、桜庭はそっとボイドに触れてみた。

すかさずカイルが「自分もやって」と、ながい鼻面を差し出してくる。もたついていると、「早く」とばかりに、カイルは前脚で桜庭の手をぽんぽんと叩いた。

どことなく、ボイドは龍星に似ていて、カイルはルキヤを思わせる。

犬たちがおとなしくしているので、桜庭は決心した。

ベッドに腰掛け、両脇にきた二頭を、代わる代わる撫でてやることにしたのだ。

アイコンタクトをとってやると、二頭はそろって、歯を剥きだしたあの顔をする。

桜庭は、その顔が、犬の笑顔であるのに気づいた。

犬たちは、桜庭に笑いかけていたのだ。

するとまた、ぴくっと、犬たちは耳を動かし、桜庭の前からドアの方へ向かった。

静かにノブがまわってドアが開き、廊下の灯りに、官能的なナイトドレス姿のシメールが浮かびあがる。

彼女は、左手にエメラルド色の酒、おそろしく強いアブサンの入ったグラスを持ち、立っていた。

夢のなかにも出てきたアブサン。

ふいに桜庭の脳裏に、決して好ましい意味ではないが――懐かしい匂いが漂った。聖グレゴ園の客間で嗅いだ埃と、ニガヨモギの匂いだ。

「三階のサンルームにいたら、悲鳴が聞こえたわ。それとも、あたしの空耳？」

彼女はすべるような足取りで歩いてくると、犬たちの鼻先を指でかるく突いてから、桜庭の前に立った。

「この子たちが、あなたを驚かせてしまったのかしら？」

犬たちが叱られないように、桜庭は否定した。

「違います。わたしが、夢で魘されたのです。昔の、いやなことを想い出してしまって……」

「そういう悪夢を見るのは、よくあることなの?」

桜庭の隣にシメールは腰掛け、心配げな、しっとりとした声で訊いてきた。

「いいえ。も…う、最近はそんなこともなくなっていたのですが……」

以前は頻繁にあったと、桜庭はシメールに告白してしまった。そして、夢ならばまだよい方だった。

桜庭は、二日間の間に二度も、はっきりと幻覚を視たのだ。

だが、桜庭は考え直してみる。幻覚ではなく、記憶なのかも知れないと——。

聖グレゴ園から四ノ宮に引き取られたときと、最近になって、白須洋一に傷つけられた後、桜庭は催眠治療を受けた。

心が毀れてしまう虞《おそ》れのある辛い記憶を、忘れさせるのが目的の治療だった。

もしかしたならば、そうやって消したはずの記憶が、なにかの切っ掛けで引き出されて、滲みでてくるのかも知れなかった。

例えば、噴きだした血潮や、ナイフの光や、重みなどが切っ掛けとなって……。

あるいは、もっと前からはじまったていたのかも知れなかった。

龍星とルキヤが不在で、桜庭は「処理」に立ち会い、輪姦されるターゲットを見た。

その後、欲望を剥きだしで誘ってきたヒラタには、聖グレゴ園の教師たちを想い出させるものがあった。

桜庭は落ち込みを感じた。

自分は前向きであり、強くなったと思っていた。けれども、この二日間に経験したどれかが、自分を毀しはじめているのだ。

「大丈夫？　気分が悪ければ、医者を呼ぶわよ」

シメールが心配げに言う。真夜中の午前三時過ぎに、戸隠まで来てくれる医者がいるとは思えずに、桜庭は頭を振った。それに、たぶん医者では治せない——。

「いいえ、どこも悪くはありません。精神的な落ち込みです」

すると突然、シメールが身体の位置を変え、グラスを持っていない方の手で、桜庭の顎を取った。

「キスしてもいいかしら？」

いきなり言われて、桜庭は面食らったが、即決で断るのは戸惑われた。

親切にしてくれたシメールに対して失礼であり、また侮辱したことになるのではないかと恐れたのだ。

それにいまのシメールは、アブサンに酔っている。

「恋人を裏切ることになるからいや？」

シメールが迫ってくる。だが、その桜庭の恋人は、メールも寄こさず、電話も架けてきてくれないのだ。

桜庭に、「キスくらいならば」という気持ちが湧いた。

かるくキスするくらいならば、挨拶のようなもので、シメールがマカロンの額にチュッと触れたのと同じくらいの意味なのだ。そう、桜庭は思おうとした。

思った瞬間から、キスを待っているように見えたのかも知れない。シメールは、一口アブサンを呑んでから、口唇を近づけ、桜庭にかるく触れた。

物足りないキス。桜庭は濡れた口唇に舌で触れて、舌先がアブサンで痺れるのを感じた。自然と、口唇が開いてしまう。そこへ、今度はアブサンを含んだシメールの口唇が覆い被さり、強い酒と彼女の舌が桜庭の口腔《なか》へ入ってきた。

頭の芯がゆらぐ。焼けるように強い酒が身体の内へ浸透してゆくにつれて、桜庭から力が抜け落ちた。

シメールは、桜庭の肩に触れて、ベッドへ身体を押し倒そうとした。

力では敵わない。油断していたこともあって、桜庭はシメールにのし掛かられる形で、ベッドに沈んだ。

「あなたの口唇は、彫刻みたいに、冷たくて堅いのかと思ったわ」

ふたたびシメールの口唇が覆い被さってくる。

キスには、それぞれ個性がある。鷹司には彼の官能的なキスが、ドールには彼の激しさがある。シメールのキスは、誰よりも優しかった。

「シメール……」

桜庭が纏ったパジャマのボタンを外しながら、シメールがアブサンの息で囁く。

「夢に見ていた人よ、あなたは――…」

どれくらいシメールが酔っているのか判らないが、桜庭も、口移しにされたアブサンと、彼女の甘い囁きに、陶酔しはじめている。

だが、シメールの手が、パジャマのズボンに掛かって、下着ごとずり降ろそうとしだすと、桜庭は我に返った。

「ま、待ってください、シメールっ。いけません、そんなことは…いけません。あなたとは、こんなことをしてはならないっ、ああっ…わたしに触ってはいけませんっ」

抵抗したいのに、桜庭の身体は、動きが鈍かった。そればかりか、シメールに触れられただけで、快美なしびれがはしり、肉体の奥がときめいてくる。

桜庭は前方を握られ、自分が反応したのに狼狽した。

シメールの指先が、男の官能を知り尽くした扱き方で、動きだした。

ボールを掌で温めるようにしながら揉み、ポールの裏側を親指で刺激しながら、残りの指で先端へ向かって引き抜く仕種を繰り返したのだ。

腰の奥から煮えたぎった塊が、シメールの指で押しあげられてくる。その塊はとろけて蜜になり、精の路を奔《はし》った。

「止めてください、シメール」

声をうわずらせてしまう桜庭の口唇に、シメールが人差し指をあてて黙らせた。

「心配ないわ。恋人に知られなければ大丈夫よ」

バスルームで桜庭が洩らした言葉を盾に、シメールが迫ってくる。

「だめですっ……わたし、女性は……女性とはできないっ」

「嬉しいわ。女と認めてくれてるのね？　安心して、あなたに、恋人を裏切らせたりはしないわ。ただ一度だけ、あたしをあなたで潤わせて、ここに…キスするだけでいいのよ」

指で扱きあげた桜庭の先端に、シメールは口づけ、舌先をスリットへ差し込んで内側を舐める。透明な蜜が溢れてくると、口唇をあてて、すすった。

「いけません。そんな……ああっ、そんなことをされたら、わたしっ！」

下肢に顔を埋めてしまったシメールを引き剥がそうと、桜庭は彼女の肩に手を掛けて押したが、びくともしない。

桜庭に無駄な努力をさせながら、シメールの方は、窄めぎみにした赤い口唇で先端を銜え、舌で巻き込むようにして口腔に含んだ。

「あああぁぁっ…うぅぅ…あぁっ……」

身をもじって、桜庭が喘いだ。

喘ぎが、うわずって乱れた音色に変わる。

「んふっ……ふぁ、はぁ……あ……」

二頭の犬たちは、頭上のベッドからうっとりするような声が聞こえたことに、素早く反応した。

かれらは、器用にカーテンを掻き分け、ベッドへあがってきたのだ。

戦いた桜庭だが、腰をシメールに抱えられ、口唇に銜えられて逃げだせずにいる。そこへ、打ちあわせたかのように右と左に分れた二頭が、胸に鼻面を押しつけ、長い舌を使って舐めた。

「んあっ！　——…」

のけ反りあがった桜庭の胸の突起が、犬たちの舌に引っかかる。

その小さな官能の粒を、かれらの舌——軟体動物の舌が削りとろうとしはじめた。

犬たちは、桜庭が望まない限りなにもしないと、シメールは約束してくれていた。にもかかわらず、かれらは桜庭の胸の突起を舐りつづける。

桜庭が望んでいると気づいたからだ——。

「くうっ……うぅっ………」

眸が眩みそうなほど感じてしまうが、桜庭はこれ以上は悦くまいと、自分を戒め、抵抗した。

シメールが、舌で巻きつけた桜庭を口唇から離して、囁いた。

「達《い》っていいのよ。あたしに、あなたの蜜を呑ませて欲しいわ」

桜庭の裡で、二つの想いが鬩ぎあい、喉元まで迫りあがってくる。

「鷹司への愛」と「シメールから与えられる肉体の歓び」であり、いまの桜庭は、自分の意思ではどちらも選べそうにないくらい、錯乱していた。

鷹司かシメールかを巡って鬩ぎあった二つのうちひとつが、桜庭の口唇から言葉となって放たれた。

「…だ…だめ…です…裏切れない――…」

「いまは、あなたの、心まで欲しいとは望まないわ」

なだめる口調になり、シメールは桜庭をそそのかした。

「でも、あなたの歓びで、あたしの喉を潤わせて。二人で秘密を持ちたいのよ」

桜庭の返事を待たずに、ふたたびシメールは、肉感的な口唇で犯しにかかった。

犯されたも同然の口唇愛撫《フェラチオ》を受けたとき、乳嘴を舐める犬たちの刺激に昂ぶりきっていた桜庭は、絶頂の感覚に身体を貫かれ、息も継げなくなるような瞬間を味わわされた。

約束どおり、シメールは桜庭を口唇で達《い》かせ、すべてを呑みほすと、犬たちを連れて客間をでていった。

「快楽は睡眠剤よ。ゆっくり眠って、もう、悪い夢は見ないわ」

シメールは、悪夢に悲鳴をあげた桜庭を、寝かしつけにきてくれたのだ。

Ⅲ

七時に眼が覚め、桜庭が真っ先にしたことは、携帯電話の着信履歴の確認だった。

ルキヤたちからはもう架かってこないとしても、鷹司からの着信もなかった。

昨夜は、桜庭もメールしようと思ってできなかったのだから、お互い様かも知れないと考え直した。

それに、シメールや犬たちと「あんなこと」をしてしまった疚しい気持ちから、鷹司を避けたいと思っている自分に、桜庭は気づいた。

ベッドを直してから、バスルームを使って身支度を整える。

荷物をまとめていると、ドアがノックされ、食事の乗ったワゴンを押しながら、シメールが入ってきた。

「早いお目覚めね。急いで東京に帰りたいのかしら？」

まるで、桜庭の動きや様子が、判っているみたいに、彼女はタイミングがいい。

「予定どおりに帰らないと、捜索隊が結成されそうなのです」

桜庭がそう答えると、シメールは眸を見開き、大げさに肩を竦めてみせる。笑いを怺えているといった様子だった。

彼女は今日も、際どいボンデージファッションで、アブサンと同じ色のエメラルドを臍に嵌めこんでいる。

深いグリーンは、二人の間に生まれた秘密をあらわす色ともいえて、桜庭は、後ろめたさと恥ずかしい気持ちだけでなく、ときめきを覚えた。

だが二人とも、昨夜の秘事は持ちださず、あくまでも普通に振る舞った。

シメールは、出窓を開け、夏だというのに肌が粟立つほど寒い空気を部屋のなかへ入れると、テーブルに食器を並べた。

「甘いものが食べたいのじゃないかと思って、スコーンを焼いたわ。ジャムはもちろん、あたしの手作りよ。蜂蜜は養蜂農家から買ったもので、牛乳はちかくの牧場から届いたのよ」

彼女は桜庭が食べる間もつきあい、食後のコーヒーは自分の分も淹れた。

「カイルとボイドについては、昨日話したとおりよ」

最後の確認として、シメールが話しはじめる。

「一ヶ月後の八月二十五日に、あたしが東京へ連れてゆくわ。田園調布《でんえんちょうふ》に九頭の屋敷があるから、着いたら連絡するわ」

「よろしくお願いします。それで、わたしは帰る前に九頭さんにご挨拶させていただきたいのですが……」

接見の広間いらい、桜庭は九頭とは顔をあわせていない。犬たちに舐められ、淫らに狂乱する姿を晒してしまったので、本当は会いたくはないが、礼儀は尽くさなければならなかった。

「この時間なら、九頭はサンルームに造ったプールで泳いでいるわ。あの子たちも一緒よ」

九頭だけでなく、犬たちにもお別れを言った方がいいだろうと考えて、桜庭はすこし落ち着かなくなった。

すでに桜庭と犬たちが、特別の絆で結ばれてしまったのを、九頭に知られるのが恥ずかしかったのだ。

シメールは、桜庭の食べた食器を片づけて客間を出て行ったが、すぐにまた戻ってきて、思いがけないことを言った。

「土師さんって方が、あなたを迎えに来てるわ」

桜庭の養父四ノ宮康熙の執事である、土師昂青のことだった。

「どうして、ここへ？」

驚いた桜庭に、それは自分の方が訊きたいくらいだという風に、シメールは首を傾げた。

「待ちきれなくなった捜索隊の先陣なんじゃない？　でも九頭とは古い知りあいみたいね。二人でサンルームにいるわ、あなたを待って……。ちょっと癪ね、あたしが送って行きたかったのに」

桜庭を迎えに別の男がきたことを、シメールは面白くなさそうに言うが、笑っていたのでどこまで本気か判らなかった。

シメールに案内されて三階へあがった桜庭を、大理石のチェステーブルでお茶を飲みながら話し込んでいた九頭と土師が、振り返った。

太陽を追いかけるように南から西側にかけて造られた大きなサンルームは、L型をしていて、一部がプールになっていた。

「おはよう。よく眠れたかね?」

九頭は、泳いだあとで長いバスローブを着ている。健康のために泳ぐのだろうが、相変わらず仮面をつけたままだった。

彼と話していたスーツ姿の土師が、桜庭を見て立ちあがった。

「おはようございます、那臣さま」

「…おはようございます。土師さんはどうしてこちらへ?」

桜庭は二人に挨拶をしてから、土師にむかって訊かずにいられなかった。

「わたくしは昨日から軽井沢におりましたが、那臣さまが戸隠へおいでになっていると聞きましたので、こちらへお伺いしました」

土師昂青は、いつでも、ゆっくりと明瞭に話す。

「ルキヤが土師さんに話したのですか?」

桜庭から連絡がないので、ルキヤは心配して土師にまで連絡をとったのだ。——そう察しをつけて桜庭が訊くと、土師も認めた。

「本日、長野新幹線で東京へお戻りになることも伺っております。那臣さまのご都合がよろしければ、このままわたくしがお送りいたしますが」

土師の車で帰るということは、もう新幹線に乗らなくてもよいということだ。

本心をいえば、新幹線は桜庭にストレスを与える乗物だ。ゆえに、土師と帰れるのは嬉しかった。それに、もしかしたら——と思った。

「お願いできれば、わたしも助かります。土師さんは、軽井沢になにか用があったのですか？もしかしたらお養父さまもご一緒なのでは？」

盛夏のころ、四ノ宮は軽井沢の別荘で過ごすこともあるが、まだ梅雨の気配が残った七月だ。なぜ、二日前から土師が軽井沢にいたのかが、桜庭にとって気になる事柄だった。

「わたくしだけ一人で参りました。管理人から、隣接する別荘が土地付きで売りにだされたと連絡がありましたので、購入のための下見に来ていたのです」

なにやらもっともらしい理由を聞かされて、桜庭は単純に納得してしまった。

土師昂青が、東京から車を飛ばして桜庭を迎えにだけ来たとは、考えもしなかった。命じたのは四ノ宮であり、土師が東京を出たのは昨日の午前中、——桜庭がまだ新幹線に乗っている時刻だとは、永遠に知らないまま終わるだろう。

用意周到な土師は、昨日は軽井沢にある四ノ宮の別荘に泊まり、今朝になって戸隠まで来たのだ。これで、もしも桜庭が別荘の管理人に問いあわせても、土師が泊まったことは証明される。隣の別荘と土地を買ったかどうかなど、四ノ宮の相続人でありながら、桜庭は興味を持たない。

「ルキヤたちが、東京駅まで迎えに来ると言っていましたから、土師さんと帰ると報せておきます」

そう言った桜庭に、土師は穏やかに答えた。

「すでに、わたくしから報せてあります」

いままで、黙って二人の会話を聴いていた九頭が、床をステッキで叩いた。その音とともに、純白のボルゾイたちが、現れ、桜庭めがけて走ってきた。

背を丸めて、両脚が浮いているといった全力疾走だ。

桜庭の足元まできて急ブレーキで止まった二頭は、ぱかっと口を開け、笑いかけてきた。

なんど見ても、変な顔で、可笑しい。桜庭は右手でカイルを、左手でボイドを撫でてやった。

微妙に、二頭の違いがわかってきた。目つきの優しいのがボイドで、瞳の奥をワクワクさせているのがカイルだ。

「仲良くなったな」

見ていた九頭が言う。その声音に皮肉な響きは感じられなかった。

「色々ありましたが、友好関係は結べたようです」

桜庭は淑やかに聞こえる声で、答えた。

「いいだろう。いまの気持ちを『処理』の後も忘れずにいることだな」

思わせ振りな物言いをする九頭だったが、桜庭は訊き返さなかった。九頭が、土師にむかって昨日のことを喋りだすのではないかと心配で、話題が変わって欲しかったのだ。

反面、桜庭が、犬たちから舐り殺されそうになったと知れば、土師は九頭を徹底的に非難してくれるのではないかという期待も、無きにしも非ず。

けれども、痙攣が止まらなくなるほど桜庭が善がり狂ったと知ったら、土師は九頭に礼を言いだすのではないかとも思われた。

「以前、アビシニアンの子猫を九頭さまから戴きましたが、那臣さまは憶えていらっしゃいますか？」

話題は、土師によって変わった。

桜庭の望む方向ではなかったが――。

驚いて声を喪った桜庭を、九頭が笑いながら見ている。

人が悪いとは、彼のような男をいうのだ。ゆえに、気を取り直し、桜庭も言い返した。

「わたしを引っ掻いた金色の子猫ですね。とても、怖い猫でした。あの後、子猫はいなくなりましたが、九頭さんはお養父さまが処分なさったとお思いです。どうなったのか、教えてください」

九頭が笑いだした。土師は、桜庭と九頭の間に昨日なにかあったのだろうと察しながら、だが二人のために、誠実に答えた。

「猫は処分したのではなく、九頭さまがお引き取りになりました」

土師の後を、九頭が継いだ。

「君から、下手な絵付きの『ごめんなさい』というカードをもらったがね」

九頭がステッキで床を叩くと、銀のトレイに一葉のカードを乗せて、シメールが入ってきた。

渡されたカードには、金色のペンを使って猫の絵が描かれ、桜庭の文字で「子猫をお返しします。ごめんなさい」と書かれてあった。

「確かに、下手な絵です。どうみても猫ではなくてネズミですね。文字はわたしの字に間違いありません……」

猫に見えない絵には、当時の桜庭の混乱と不安が現れているようだ。

四ノ宮に引き取られてからであれば、十年も経っていない。それなのに、まったく、桜庭にはカードを書いた記憶がなかった。子猫は憶えているが、絵を描いた記憶もないのだ。

桜庭は、自分のメモリーボックスはどこかが毀れているのではないか――と、不安になった。

「お辛い時期でしたから、失念されたのでしょう」

土師が慰めるように言い、それから九頭の印象を回復させてやろうと言葉を継いだ。

「以前、九頭さまは旦那さまの私設秘書を務めておられた方ですので、四ノ宮の屋敷で那臣さまもお会いになっていらっしゃると思います」

土師の後に、九頭は恐ろしいことを言った。

「お姫さまに悪い虫がついたとき、排除するよう総帥から仰せつかったのも、わたしだよ」

「オス犬」の鷹司は、昔は「悪い虫」あつかいだったようだ。

「しかし、九頭さまは旦那さまの命の恩人でいらっしゃいますし、鷹司さまをタリオのNo.2に推薦された方です」

土師が言葉を補う。桜庭は、九頭の全身が傷ついている理由を識って、彼に「メス犬」とか「お姫さま」といわれた不快を帳消しにした。

九頭崇友は、四ノ宮康煕が暗殺されかかったときに、彼を庇って瀕死の重傷を負ったのだ。

そして、奇跡的に一命をとりとめた九頭は、後にタリオの設立に尽力するようになり、鷹司に譲るまで、No.2の座にいた男だった。

Ⅳ

戸隠から帰って一ヶ月後、約束の八月二十五日。

シメールからの電話を受けて、桜庭は龍星とルキヤをともない、田園調布の九頭邸へ来た。

高台にある九頭邸は、洗練されたというよりは、戸隠の屋敷と同様の厳めしさのある、外壁に野面石を張った洋館だった。

門扉内のカーポートに車を停めると、桜庭たち三人は、玄関まで続く石畳の階段を登らなければならなかった。

階段の最上段では、臍に星形の宝石ピアスを煌めかせたシメールが、満面に笑みをうかべ、待っていた。

「紹介します。わたしの養子で龍星とルキヤ。こちらは、シメール」

すでに全員が、それとなく相手の存在を知っていたので、桜庭は簡単な紹介で済ませ、三人はそれぞれ打ち解けた挨拶を交わした。

「ナイフをありがとうございました」

龍星が改めて礼を言い、ルキヤも一緒に頭を下げた。

「大切にしてます。ありがとうございました」

礼儀正しく振る舞う二人に、シメールは優しい笑みをみせて、頷いた。

「気に入ってくれたのならいいのよ。さあ、こちらへ来て、あの子たちを紹介するわ」

勧められて玄関に入ると、御影石のホールに座っていた二頭のボルゾイが、ぴくっと耳を反応させ、桜庭たちへと視線を向けてきた。

二頭は、優雅に座ったまま置物のように動かなかったが、長い鼻面の口が開き、笑みが浮かびはじめている。かれらは、呼んでもらえるまでじっと待っているのだった。

「カイル、ボイド」

シメールが犬たちの名前を呼ぶ。それが合図となって、素早く立ちあがった二頭は、宙を駆ける勢いで、桜庭の前まで走ってきた。

「速いっ！」

犬たちを見たときから興奮気味だったルキヤが、感嘆の声をあげた。龍星の顔も綻んでいる。

シメールはそれとなく二人を観察しながら、二頭を平等にあつかう桜庭にも注目した。

二頭は桜庭に頭を撫でてもらうと、今度は前脚を前にのばし大きく伸びをしながら欠伸をし、ふたたび座り直して、にゅーっと笑った。

「わたしを憶えていてくれたようですね」

額から耳の後ろへむかって、ゆっくりと撫でてやりながら桜庭が言うと、シメールはまるで自分が犬たちであるかのように、答えた。

「あなたのことばかり、考えていたわ」

それから彼女は、招いた三人を玄関ホールから右手側の客間へと案内した。

九頭邸の客間は大小の二間つづきだった。現在は、犬たちのために間仕切りが開けてあり、見通せる小さい方の客間には、六角形のサンルームが付いていていた。

「龍星とルキヤは、この子たちと仲良くなっておく必要があるわ」

桜庭はどきり…となり、犬たちを見た。かれらは、尾を振るのを止めて、じっと桜庭を見つめている。シメールは緊張を破るかのように言った。

「この子たちは、ボールやフリスビーが得意よ。思いっきり走るのも好きよ。付きあってあげれば、すぐに仲良しになれるわ」

桜庭のときとは、「仲良し」になる方法がずいぶんと違う。一言いいたげな桜庭を、シメールは流し目に見ながら、ソファーを指した。

「適当に座ってて、あたしは冷たい飲み物を用意してくるわね」

彼女が行ってしまうと、龍星がぼそりと呟いた。

「でかい女だな」

「女の人じゃないでしょ」

ルキヤは龍星ではなく桜庭にむかって言う。桜庭は意外に感じた。

「ドールは彼女について、なにも教えてくれなかったのですか?」

一ヶ月前、桜庭が九頭の使徒であるシメールと一緒にいると知ったときのドールは、いつもの彼らしくない反応を起こした。

今日まで桜庭は、その場に居合わせた龍星とルキヤが、シメールが性転換者であることを、ドールから聴いているものとばかり思いこんでいたのだ。

「なにも…」

ルキヤが声をひそめた。

「最悪のイキモノって言っただけで、それ以上は喋りたがらなかったし…。だいたいドールは、隠してる事柄が多いもの」

「俺たちのことはなんでも聴きたがる」

龍星が口を挟み、ルキヤが怒った口調になった。

「それにあいつって、自分に都合の悪い部分はまず話さないしさ」

誰しも同じだ。桜庭は納得して肯くしかなかった。

然《そ》ういう桜庭自身も、ルキヤたちが訊いてこなかったこともあって――いや、それだけでなく、シメールとの、延《ひ》いては犬たちとの秘密を嗅ぎつけられるのではないかと、必要以上の心配をして、あえて彼女の話題を避けていたのだ。

ドールも、混乱させられた過去があるために、シメールを想い出したくなく、話題にしたくないのだろう。推論でしかないが、桜庭はそう考えた。

カイルとボイドが、ひそひそ話を聴いていたが、飽きたのか、欠伸をして前脚を伸ばした。

「遊んでって、誘ってるのよ」

飲み物を運んできたシメールが、ルキヤと龍星に向かって言った。

「庭の南側に大型のガーデンプールを組み立てておいたわ。この子たちは水遊びも大好きよ、遊んできたら?」

「いいの? けど、水着…持ってこなかったし…」

心動かされたルキヤだが、実現には差し障りがある。するとシメールが、あっさり問題を解決してやった。

「この屋敷には、あたしたち四人と、この子たちしかいないわ。裸になっても、だれも気にしないわよ」

「やったっ！」

ルキヤが歓声をあげ、龍星を促すように腕に手を入れ、ひっぱった。

犬好きの龍星も、まんざらでもなく、いつまでもクールな態度をとってはいられないようだった。

すかさず犬たちも腰をあげて、二人を急かすように見あげている。

ルキヤは、カイルを自分の犬にし、ボイドを龍星の犬と勝手に決めて、もつれ合うようにして走りだした。

「可愛い子たちね」

二人きりになると、シメールは桜庭の横に並んで座り、頬と口唇にキスして言った。

「戸隠から戻って一ヶ月間、なにをしていたの？　すこしは、あたしや九頭を想い出してくれたかしら？」

正直に、桜庭は肯定して頷いた。

戸隠から土師昴青と東京に戻った桜庭は、翌日からしばらくの間、四ノ宮の屋敷で暮らした。

　龍星とルキヤは、ファイル№１０３を処理中だったので、かたわらにいてやりたかったのだが、不安を抱えていた桜庭は、養父のもとへ逃げ込んだのだ。

　二日間続けて、桜庭はおぞましくも恐ろしい幻覚を視たからだ。

　それに、描いた憶えのない子猫の絵――。

　頼りになる鷹司は日本を離れている。かといって、処理中の龍星やルキヤに心配を掛けるわけにもいかない。独りでいると毀れてしまいそうな気がしたのだ。

　タリオの総師である以前に、養父である四ノ宮康熙は、いつでも桜庭を見守ってくれる存在だ。知られたくないことは話さなくてもいい。やりたくないことを無理強いされることもない。

　桜庭は十日ほど、養父や執事の土師と過ごし、落ち着きを取り戻してから――と言うよりも、幻覚を視たのは二日間だけであり、その後は起こらなかったこともあり、マンションへ帰った。

　失神状態のときに幻覚や幻聴が顕れることがある。桜庭は、自分で気づかないだけで失神状態だったのかも知れないと考えたのだ。

　九頭に送った子猫の絵つきカードについても、あれも単なる物忘れだと思うことにした。

　桜庭の人生のなかでも、あの頃はもっとも混乱していた時期であり、忘れたいことが多すぎたので、日常のいくつかの出来事も一緒に記憶から消えてしまったのだろう。

気持ちを楽にさせてマンションへ戻った桜庭だが、処理中の物件について考えはじめると、今度は犬たちやシメールのことを想い出して、肉体に火照りがきた。

腰の奥が微熱を帯びて疼き、鼓動を打ちながら、愛撫が欲しいと訴えてくるからだ。

それなのに、鷹司も、ドールも近くにはいない。彼らは、連絡もよこさないのだ。

「恋人とは、上手くいってるの?」

シメールの問いかけは、桜庭の心を読んだかのようであり、あまりに的を射て突然だったので、咄嗟に嘘がつけなかった。

「あの人は忙しくて、しばらく逢っていないのです。電話も二度ほど架かってきただけで、メールを送っても、返信がありません……」

聞き捨てならないといった感じで、シメールが身を乗り出した。

「一ヶ月で二度だけなの?」

「ええ、そのうちの一件は、『処理』の打ち合わせでした…」

五月に桜庭は、鷹司が関わるファイル№7747の「処理」に、アルバイトとして参加し、ゲイの青年とタリオの営業マンの役を演じたのだ。

「処理」の仕上げは九月に行われるのだが、最後にもう一度、桜庭はタリオの営業マンに扮して、ターゲットの高口璃沙へ連絡を入れる必要があった。その日時の確認のためだけに、鷹司は電話を架けてきたのだった。

そして現在、鷹司はドールとともに、香港、マカオ、ラスベガス、それから福岡を行ったり来たりしている。二人とも、桜庭をすっかり忘れてしまったかのようだ。

桜庭には、龍星とルキヤがいる。四ノ宮も、彼の執事の土師も桜庭の味方で、願えばどんな望みも叶えてくれるだろうが、鷹司がいないという孤独は痛みとなって襲いかかってくる。

けれども、鷹司は桜庭と連絡が取れなくとも、気にならないのだろうか――。

鷹司のことを頭からはらって、桜庭はシメールに言った。

「龍星たちに、あのこと…を言わないでくれてありがとうございました」

「犬に悦《い》かされちゃったことね」

「シメールっ」

桜庭が慌てたが、シメールは平然と言った。

「誰にも言わないわ。だって、知られなければ、それはなかったも同じだからよ。たとえ浮気したとしてもね」

そう言ったシメールが、桜庭に覆い被さるようにしてキスをしてきた。

「恋人同士は、試練を乗り越えてこそ、絆が深まるのよ。でも、薄情な恋人を捨てて、このあたしを恋人にする気はない？」

いまの桜庭には魅力的な言葉であり、誘惑だ。

シメールの手が桜庭の喉を撫で、神父服のカラーを外し、胸元に入り込んできた。

「あ……っ…」

乳嘴に触れられただけで、腰の奥でなにかが頭を擡げてくる。官能的なシメールの指使い、肉体の内まで、もっとまさぐって欲しくなってくる。

犬たちやシメールとの密事で気が咎めた桜庭は、いらい鷹司に操を立てて、自分ですら肉体に触れていないのだ。

少し触られただけでも、快感で、肉体も心も、ひりひりしはじめている。このままシメールの愛撫を受けたら、桜庭はどうなってしまうか判らない。

桜庭は服の上から、シメールの手を押さえて止めた。

「いけません……」

「だったら、あたしは二番目の恋人でもいいわ」

彼女は譲歩した。だがその二番目の恋人――ドールも、桜庭にはいるのだ。

「いま以上に、わたしの私生活を複雑にしないで下さい」

「振られちゃったのね、あたし。薄情な男に負けるなんて……」

未練がましげに言うが、シメールは手を引かない。人差し指と中指の間に桜庭の乳嘴を挟んで、揉みはじめた。そうすれば、桜庭の気持ちが変わると思っているようだった。

桜庭の頭の奥が痺れてくる。「知られなければ、それはなかったも同じ」と言ったシメールの声が聞こえた。

突然、桜庭の脳裡にすばらしい理屈が生まれた。

肉体の餓えを満たすためにシメールを必要としても、心を彼女に与えなければ鷹司を裏切ったことにはならないのではないか——という考え方であり、桜庭はそれを、甘露と飲み干した。

シメールの手を押さえた力をゆるめ、身体を彼女にあずけたのだ。

ところが、いきなりシメールが手を引いた。

驚いた桜庭だが、サンルームの方から、龍星とルキヤが二頭を連れて入ってきたのが見えると、慌てて前をあわせた。

犬たちはプールに入ったせいで濡れていて、龍星とルキヤも、水飛沫を浴びた様子だった。

「すっかり仲良くなったわね。これから犬の扱いを教えるわ」

犬を使った「処理」は四日後から行う予定だ。だが慎重なシメールは、二人が効果的に犬を扱えるようにと、余裕を持って教えたがった。

「襲え、噛め、止めを三つの音にして憶えさせてあるから、二人に憶えてもらうわ」

「わたしも一緒に教えていただきます」

シメールは驚いて、桜庭を振り返ってみた。

「あなたも、『処理』に加わるの？」

このとき桜庭は思い違いをした。

シメールが、「使徒の主人である桜庭も、『処理』に加わるのか？」と驚いたのだと思ったのだ。

しかしシメールは、「桜庭には到底無理であるのに、『処理』に加わるのか？」と耳を疑ったのだった。

「ええ、そのつもりです。すでに何度か、わたしは立ち会いにも行きました」

いままで桜庭は「処理」の現場には行かなかった。幹部であり、その必要はなかった。だが今年は三人で「処理」を行うと決めていたのだ。

もちろん、桜庭には「処理」に加われるような能力はなく、訓練も受けていない。あくまでも立ち会うだけなのだが――。

シメールの片眉が持ちあがった。そこで桜庭は、自分が思い違いをしたことに気づいた。

「輪姦現場に立ち会っただけでしょう？　獣姦の『処理』には関わらない方がいいわ。この子たちも、あなたに来て欲しくないと思ってるわ」

この子たちというのが、犬たちのことなのか、それとも龍星とルキヤのことなのか、シメールは桜庭がどちらにも受けとれる言い方をした。

そうすれば、自分にとってどちらか影響力のある方を、桜庭自身が選択してしまうからだ。

その方が、納得もするだろうし、諦めもつくと、彼女は考えている。

龍星とルキヤもシメールと同意見だったので、口添えはしなかった。

次にシメールは、もうひとつ、桜庭に助言をした。

「奥多摩町の処理施設を使うのでしょう？　いままでどのスタジオを借りてたのかは判らないけど、『処理』の制約がゆるいのなら、獣姦のときには、なるべく広くて天井の高い場所がいいわ。ある程度の広さがあった方が、ターゲットの受ける恐怖は増すわよ。逃げ場の多い方が諦めが悪くなるものだし、あの子たちの吼え声もよく響くからよ。できればそういうスタジオを借りた方がいいわね」

シメールの恐ろしい部分が垣間見えた気がして、龍星とルキヤが顔を見合わせた。

桜庭の方は、鷹司が借りていた三階と四階にまたがるGスタジオを思い浮かべていた。

あそこならば、スタジオからも距離がある。そしてもう一度、あの第二モニタールームに入って、幻覚を視るかどうか、確かめるにもよい機会だと考えた。

三人と二頭が行ってしまうと、桜庭はさっそく仮予約のために、処理施設へと電話を架けた。

第五章　トライアングル

I

八月二十九日。

ファイル№３７５６４のターゲットである鹿子木祐也と丈森勇人にとって、人生最後の一週間になる初日。

桜庭は、恐れていたほど高額ではなかったGスタジオの四階、第二モニタールームから、彼らの「処理」を見守ることにした。

「処理」は三階、桜庭は四階から観るだけと決めて、龍星とルキヤも一応は納得した。

ところが、カイルとボイドがターゲットに襲いかかり、条件どおりの「処理」を行うのを観て、桜庭は自分の考えの甘さと、腑甲斐無さに打ちのめされてしまった。

優雅で美しかったかれらは、桜庭と接していたときとはまったく違う、獰猛な生物になっていたからだ。

身のこなしは華麗だが、狼を狩るための本性を顕したのだ。

異常に頭が良く、互いに協力しあって働けるかれらは、邪悪な唸り声を響かせながら、逃げまどうターゲットを追いつめた。

口吻をひらくと、鼻先が長いゆえに顔の全体が真っ赤な口になる。剥きだしになった恐ろしい牙は、生贄を絶望的にさせていた。

兇犬に変じたかれらは、ターゲットに飛びかかって、肩口に噛みつき、龍星とルキヤの命じるまま、疲れを知らない強靱な足腰を使い、犯した。

桜庭は戦慄した。

かれらに舐められて歓喜したこと自体が、信じられなくなってくると同時に、犯されて泣き喚くターゲットが、自分と重なった。

犯されているのが、自分のように思われてしまうのだ。

手摺から離れて後退ったところを、背後からシメールに抱きとめられた。

「シメールっ！」

驚いて、桜庭は心臓が止まりそうになった。

ふらついた桜庭を、シメールはしっかりと抱きしめて、支えた。

「いつから、いたのです？」

黒いレザーのビスチェとミニスカートに、スパイクヒールのエナメル革ブーツを履いたシメールは、あっさりと言った。

「ずっと前からよ。こっそり鍵をあけて忍び込んでたの。あの子たちの仕事ぶりを見学したかったのよ」

モニタールームに、訓練された彼らが簡単に入り込めてしまうのは問題だが、その程度のことができなければ、使徒としては役に立たないのかも知れない。困惑する桜庭の耳に、ターゲットの悲鳴が聞こえた。

獣の咆吼がモニタールームに響き渡り、ターゲットのけたたましい悲鳴が続く。二人は、逃がされたが、すぐにまた、襲いかかられ、噛みつかれ、犯されているのだ。

怖気あがった桜庭を、シメールはミラーガラスの壁から引き離し、奥へと連れてゆこうとする。

「だから観てはだめと忠告したじゃない。こっちよ、腰を降ろして休みましょうね」

桜庭は歩きだせなかった。そのまま貧血が起こってきて、幕が下りたように目の前が暗くなった。

シメールは、桜庭を革張りのソファーへ座らせると、スタジオの音声を遮断し、冷蔵庫からペットボトルを取って戻った。

「わたし――……」

ペットボトルの水を桜庭に飲ませてから、シメールはタオルを濡らして額の汗を拭いてやり、襟元をくつろげて、神父服の前をはだけさせた。

優しくされて、それが余計に、桜庭を惨めな気持ちにさせた。

自分は現場に来るべきではなかったのだと、桜庭は後悔した。

それでも、同じターゲットを輪姦したときには、――かつて同じ目にあわされたというのに、桜庭は平常心で観ていられた。それがなぜ、獣姦は駄目だったのか……。

噛みつかれたターゲットが血を流したからか、豹変した犬たちを観てしまったからか……。

こんなことくらいで貧血を起こしている自分は、タリオの幹部として失格であるという自己嫌悪が増してくる。

涙ぐみそうになった桜庭の髪を、シメールがなだめるように撫でた。

「か弱いのね。そこがまた、可愛いんだけど」

子供のように扱われることも、桜庭の心を痛くするが、感じている恐怖をシメールに訴えた。

「かれらは……わたしの知っているカイルとボイドではありませんでした。犬とは思えませんでした。恐ろしいなにか……魔的な獣のよう……で、かれらにわたしは舐められて…あんなことになったとは……」

以前、九頭は犬たちと仲良くなれた桜庭に、「いいだろう。いまの気持ちを『処理』の後も忘れずにいることだな」そう言った。

彼には、判っていたのだ。

そして、現在の桜庭は、もう自分が同じ気持ちで犬たちを見ることは、できないと思った。

「怖がらなくていいわ。あの子たちは訓練されていて、命令でやっているの。それも一時的にね。『処理』が終われば、催眠術がとけたみたいに忘れるわ」

なだめるように言ったシメールは、桜庭の横に腰を降ろすと、太ももが剥きだしになった足を組んだ。

拍子に、ブーツの内側に差し込んであるナイフが見える。

彼女が、夏にもかかわらずブーツを履いている理由は、お洒落ではなくて、使徒としての習性であり、実用のためなのだ。

「今日だって。そうね…四時間後にはもう、おっとりしたボルゾイに戻って、あなたを見たら、目がうるうるになっちゃうわよ」

到底信じられずに、桜庭は頭を振った。

怯えて心を閉ざしかけている桜庭に、シメールは隠し持っていたプレゼントを見せるときがきてしまった。

「心配しないで、本当よ。あなたに安心して欲しいから、特別に、あたしたちの秘密を教えるわ」

シメールは、すこしでも桜庭が自分たちを理解してくれるのならば——と願って、話した。

「九頭はね、獣使いなのよ。だから、あの子たちも言いなりにできるのよ」

桜庭が信じていないのを感じながらも、シメールは先を続けた。

「戸隠山に棲む、十の獣を従わせて操る霊力を持った一族の末裔が、九頭崇友なの。もっとも、いまの時代ではそんな能力は顕現しないけど、片鱗はあるわ」

現実味がない話を聴かせられて、桜庭は当惑したが、お陰で一時、Gスタジオから意識を離すことができた。

「十の獣を操れるのに、名字は九頭さんとおっしゃるのですか？」

桜庭の質問に、シメールが明るい声をあげた。

「あら、いい質問だわ。十番目は自分よ。自分という獣を引いて九頭なの。なんであるにしろ、人間という獣を従わせるのが一番厄介かも知れないわね」

もし彼女の言うことが本当ならば――、あの日、桜庭を舐めて悦《い》かせたのは九頭本人であるような気がしてきた。

そして九頭は、獣を使って、どんなことでもできるのだ――…。

「信じてくれた？」

桜庭の頬にキスして、シメールが耳元に囁いた。

「判りません。わたしはもっと、現実主義者です」

「いいわ。だったらこう考えてみて、あの子たちは、いま『処理』のお仕事してるのよ。普通の可愛い男の子たちに見える、あなたの龍星やルキヤが『使徒』であるのと同じなのよ」

桜庭はシメールの言わんとしているすべてを受け容れ、呑み込もうと、眼を瞑った。

いま、青ざめて口唇まで色を失っていたが、冷たい陶器のような肌は、桜庭の美しさをいっそう際だたせている。

シメールは、自分たちの座っている上等な革張りのソファーが、充分にベッドとしても使える大きさがあるのを横目に見ながら、桜庭の手にそっと自分の手を重ねて言った。

「気分が悪いのね？　あたしが看病してあげるわ」

もう一方の手を、彼女はくつろげた神父服の襟元から桜庭の胸元へ差し込み、心臓の上に置いた。

「ドキドキしているわ。苦しいの？」

自失ぎみでされるがままだった桜庭が、差し入れられたシメールの手で胸元を撫でられると、上から押さえ、頭を振った。

「あたしに触られるのが嫌？」

率直に訊かれて、桜庭は打ち消すために頭を振った。

シメールに触れられるのが嫌なのではなく、龍星とルキヤが処理中に、そして、鷹司と愛しあった部屋で、彼女の愛撫を受けたくなかったのだ。

なぜならば、シメールの求愛の儀式に、桜庭は逆らえず、身を委ねてしまうと自覚していたからだ。

「現在、あなたに必要なのはぬくもりと愛撫よ」

桜庭の胸元から手を引いたシメールだが、そう言うと、ライトストーンをあしらった黒い付け爪を剥がしはじめた。

綺麗な付け爪が、キラキラと輝きながら、床に散らばってゆくのを見て、桜庭は慄えながら、眸を閉じた。

彼女が、なぜ、そんなことをするのか、判ったからだ。

鷹司もよく、金剛砂《エメリー》ボードを使って爪先を整えている。爪にまろみをつけておかないと、桜庭をめくりあげ、掻き回したり、捏ねあげたり、揉みこむのを、思う存分おこなえないからだ。

かつて聖グレゴ園のファーザーたちも、パチンパチンという音を立てて爪を切っていた。芋虫のように太い指を潜り込ませたとき、少年を傷つけてしまわないために――……。

想い出したことで、桜庭の秘所がじわりと疼きだした。

微熱が熾り、潤みだして、敏感になった気がして、桜庭は錯覚を起こした。

シメールの指が、鷹司の指が、そしてファーザーたちの指が、肉体の内にあるのを確かに感じたのだ。

複数の指で弄り回される触感によって、秘所に甘い疼きが湧いてくる。疼きは、八本の足をせわしなく蠢かせる蜘蛛となって、桜庭の内側から肉体の隅々にまで広がってゆく。

散りひろがった蜘蛛が眉間にまで達すると、眩暈にも眠気にも似た快感が起こり、頭の芯が霞んで、ぼんやりしてしてきた。

「ステキよ。ローズピンクの襞がめくれあがって、とっても可愛いわ。はやく、キスして欲しいのね」

耳元でシメールの囁きが聞こえて、現実に戻ったようになった桜庭は、いつの間にか、自分が全裸にされて、ソファーに俯せているのに気づき、慌てた。

それだけでなく、彼女の手が腰骨にかかっていて、双丘を開いているのだ。

頭の裡がぶれたようになっている間に、シメールが魔法を使ったとしか考えられなかった。

「わ…わたし——こんな……どうして…」

狼狽えてしまい、桜庭は意味のある言葉を口にできなかった。

シメールの方は、ご馳走を見つけた犬のように瞳を輝かせ、ひろげた青白い二つの丘の間を見つめていた。

触れてもいないうちから、括約筋をめくれあがらせ、ピンク色に染めている桜庭が、愛おしくてたまらないのだ。

「ステキよ、とっても——……」

こんな風に欲情した肉襞の奥は、さぞやとろけているだろうと思うと、シメールは欲望で内臓が捩れそうになり、股間が疼いた。ないはずの男が、ドクドクと脈打ってくる気がするのだ。

「シメール……」

羞恥にもがきながら桜庭が振り返ろうとするのを、シメールは右手の指先で封じた。

ローズピンクの肉襞に、軽く触れるだけで、可能だった。

桜庭はひくっと慄え、声を洩らした。

「ああ…はっ、あ、あ……あ……っ」

たちまち、蜘蛛たちが背筋を這い登ってきて、桜庭は動けなくなり、前方を革張りのソファーに押しつける恰好になってしまったのだ。

極上の鞣し革に、敏感なシャフトの裏側があたって圧迫され、新たな快感が興ってくる。

ひんやりとした革が桜庭の体温によって、心地好く変わってくるのも、嫌ではなかった。

「これは看病よ」

濡れた声で、シメールは桜庭に残っている抵抗と戸惑いを奪い、そそのかした。

「以前に教えたでしょう？　快楽はお薬なのよ」

ウエストから腰骨にかけてを撫でながら、シメールは床に跪くと、ふたたび桜庭をひろげた。

「うう……っ」

秘裂に、視線と吐息が入り込んだのを感じて、桜庭が慄える。

だが桜庭は、もう抗わずに、青白い双丘の狭間に咲く淫らな蕾をシメールにさらけだしたまま、じっとしていた。

「いい子ね。いまお薬をあげるわ」

両手でひろげた青白い谷間へ、シメールが舌を長く伸ばして差し込み、ちろっと舐めた。

「ああっ！」

背筋の付け根を窪ませるほど背を反らして、桜庭が身を捩る。刺激を受けた媚肉の襞が、きゅううっと収斂してしまった。

「窄めちゃだめよ」

優しくシメールは怒ったが、狭間に親指をかけ、口調と裏腹に強い力で、果肉を裂くように桜庭を拡げた。

放射状になったローズピンクのプリーツが広がり、珊瑚色の肉壁が垣間見える。シメールはその中心へ、先を尖らせた舌を差し込んだ。

「あ、ああ……あうぅぅ……」

腰を押さえられ、動かせない桜庭は、ソファーに付いた腕を突っ張らせて上体を仰け反らせるしか、逃げ場がなかった。

「…くうぅぅ……っつ……」

ところが俯せゆえに、上体を反りあげると、下肢の前方をソファーに押しつけることになり、圧迫が凄まじくなる。痛みすら感じて腰を持ちあげると、突きだした恰好になってしまい、今度はシメールの思うがままに舐《ねぶ》られてしまうのだ。

「う…うっう……うう……っ」

シメールの舌先が、窄まった花びらのような襞を掻き分けて、内部へ入ってきた。

「あ…」

舐めるだけでなく、シメールの指は襞を撫で、舌先と一緒に侵入してくる。

受け入れた桜庭は、指先で抉《くじ》られると、前方をソファーに擦りつけながら肉体をすり献かせた。

「はっ、あぁ…あっ、あ……っ」

巧みなシメールの舌づかいは、犬たちの、あの軟体動物の蠢きとはまた違っていて、脳髄まで舐め削がれるような鋭い快美があり、桜庭にはたまらない刺激だった。

同時に桜庭は、犬たちの舌とシメールの舌づかいを比較した自分に羞恥を覚えた。

そして自分はこれから先も、秘所を舐められるたびに犬たちと比べてしまうのだろうかと、戦慄する。

「はっ……ああっ…！」

シメールは、深く差し込んだ指を小刻みに振動させ、桜庭になんどか声をあげさせてから、鉤状にしてひろげる。僅かな隙間ができると、舌を差し込んでコーラルピンクの部分をちろちろと舐めながら訊いた。

「恋人もこうしてくれるの？」

「え…ええ――」

泣きそうになりながら、桜庭は肯いた。ソファーに立てた爪先が、鞣した革で滑り、キュッキュッと音を立てる。

「舐めて、指で可愛がって…悦《い》かせてくれるのね?」

その鷹司とは、もう一ヶ月も逢っていない。誰も、桜庭を愛撫してくれる人はいなかった——。

「とろけてるけど、いまは指一本でもきついわね。どれくらい太いのを咥えてきたのかしら?」

くいくいっと指を動かしながら、シメールは食い締めてくる桜庭に訊く。

桜庭は恥ずかしくて答えられず、頭を振った。

いままでに受けた最大は、鷹司とドールを同時に挿入されたことだが、とても告白できない。

鷹司のやった行為は、桜庭をあらゆる方法で凌辱し続けたファーザーたちですらしなかった。

桜庭は身悶えて、啜り歔《な》いた。過去の男たちを想い出すたびに、——いまは、逢えない鷹司とドールも過去の男として混じっていたが——、肉体に彼らの記憶が蘇り、感じてしまうのだ。

そこへシメールの愛撫が加わると、桜庭は行き着いてしまいそうになる。

「も、もう止めてください……もう…どうか…シメール…わたし、わたしは……」

喘ぎながら懇願する桜庭の内から、シメールは指を引き出してくれた。

「悦《い》っちゃいそうなのね。判ってるわ、お尻は恋人のものなのね。だったら止めてもいいけど、代わりのものをいただくわよ」

「あ、ありがとうございます…」

思わずお礼を口にしてから、桜庭は、ソファーにしがみついていた指の力をゆるめ、身体からも力をぬいた。

身体中の感覚に火を点けられた状態の桜庭は、眸が潤んで周囲がぼやけてしまい、録画機材の乗ったラックや、木製のデスク、肘掛け椅子や、壁までもがうねって、生きているように見えてくる。

シメールは床に跪いたままで、俯せていた桜庭の身体とソファーの間に腕を入れて抱き、寝返りを打たせてくれた。

仰臥となった桜庭の前方が、花のめしべのように輪郭を顕わにさせ、透明な蜜を滴らせていた。

ナイフを潜ませたブーツを脱いだシメールは、素足になってソファーへあがり、桜庭の前方へ口づけた。

「！　んんっ………」

敏感なところに触れられた桜庭はびくっとなり、ほとんど無意識に、下腹部を庇って身体をくの字に折り曲げようとする。退いてゆく身体の中心を掴んで、逃げられないようにしたシメールが、囁いた。

「ここが痛いのね。いま、治してあげるわ」

いやいやをするように桜庭は頭を振ったが、シメールは付け根を押さえて抵抗を封じたまま、空いている方の指で輪郭をなぞった。

シメールに掴まれていて、桜庭は痛いのだ。だが、痛いばかりではなく、精を漲してしまう寸前まで昂ぶっているのだ。

右手の指で桜庭を押さえたまま、シメールは身体の位置を変え、迫ってきた。

桜庭を跨いだ拍子のことだった。

革のミニスカートがまくれあがって、彼女の、女性としての縦筋が、桜庭にも見えた。

ブーツにナイフを仕込んでいながら、シメールは下着をつけていないのだ。

「シ、シメール…」

狼狽える桜庭を押さえつけ、腰上に跨ったシメールが、声を弾ませて言った。

「あたしが、最初で最後の女になってあげるわ」

その言葉に驚愕した桜庭が、シメールの下で必死の哀願を試みた。

「いけません。そんなっ、いけません、シメールっ。どうか、考え直してください。わたしを離してくださいっ」

「女性と経験する必要も感じてると言ったじゃないの」

ますます桜庭は恐慌をきたした。九頭邸で迫られたときよりも、現在の方がはるかに危険な状態だった。なんとしてでも、シメールに思い留まってもらわねばならず、桜庭は弁明した。

「そ、それは、彼を愛していると思う前のことです。男性経験しかない自分の生き方を変えたいと思ったからです…」

シメールが、美しい顔を輝かせ、楽しそうに眸を光らせた。

「あら、あたしとだと、やっぱり男性経験に入ってしまうかしら？」

桜庭は頭を振った。

「判りません。で…も駄目です。わたしには、あなたと――できません…」

「こんなになってしまってるのに、放っておけないでしょう？」

「じ…自分でなんとかします。離れてください、シメール。離れてっ！」

突如として、桜庭から普通では考えられないほどの強い力が発揮されて、彼は身体の上のシメールを押しのけることができた。

しかし、所詮、桜庭ごときの瞬発的な抵抗力には限界があった。――というよりも、シメールが自分から力を弛めて起こった「奇跡のような現象」でしかなかったのだ。

シメールをソファーへ押しのけたつもりの桜庭だったが、逆に腰に彼女の大腿が巻きつき、引きよせられて、身体の上にのしかかる恰好になってしまった。

桜庭とシメールの上下が、逆転しただけなのだ。受け入れる気満々のシメールが下で、桜庭の身体が上というのも、二人の力関係を顕している。

寝技を掛けられたような気がして、――まさに正解だったが、桜庭は呆然となった。

そのうえ、渾身の力を振りしぼっての抵抗が、こうも呆気なく、無駄に終わったと知ったときに受ける虚脱感とは大きいものだった。

シメールはソファーに仰臥したまま、桜庭の両手を掴み、お互いの指と指を祈りで組むように交叉させた。

「いままで知らなかった快楽を教えてあげるわ。でも、あたし以外とは、こんなことしちゃだめよ」

頭を振った桜庭だが、操り人形のようにシメールに引きよせられ、彼女の中心へ導かれてしまった。

「あっあっ、あぁ……や……やめ……ああっ！」

混乱と恐怖とで、桜庭が悲鳴に近い声をあげる。

両脚の間に桜庭を挟んだシメールの方は、圧倒的な男の腕力で、彼を女の中心へ引きずり込んだ。

桜庭は無力だったが、無感覚ではなかった。

熱帯に咲く妖しい花のような花弁がひろがって、口唇で愛されるときを思わせる快美感が襲ってくる。

「…は…ぁぁぁ……シメール……」

灼熱の沼地に呑み込まれてゆく間中、桜庭は途方に暮れた少女のように怯えていた。

けれども、咥えこまれ、二度三度とシメールが腰を上下させただけで、桜庭の怯えは悶えに変わり、悶えは痙攣にまで高まった。

「…あぅっ…」

息が止まった桜庭は、次の瞬間には極まって、すべてを解きはなった。

「経験したことない気持ち善さでしょう？」

受けとめながら、シメールが問いかけてくる。しかし、まだ桜庭は答えられないほど、高みにいて、発作を続けていたので、彼女は愉しみながら、待った。

ようやく桜庭が答えられる状態になってきたころを見計らって、もう一度、訊く。

「どんな感じ？」

放心したまま、桜庭は答えた。

「熱くて……息苦しい感じです」

シメール自身も、桜庭の輪郭を心地好く感じながら、声を立てて笑った。

「いやじゃないでしょう？」

桜庭は下口唇を噛み、肉体をすすり歔かせながら、間をおいて肯いた。

「え、ええ…でも、もう赦してください」

ところが桜庭を赦すつもりのないシメールは、仕掛けた。

突然、ぎゅうっ——とシメールの内部が引き締まり、桜庭は咥えこまれた自分が、竜巻に巻き込まれたように絞られるのを感じて、飛びあがりそうになった。

「シメール、シメール、な…やめて、なにをしたのです、やめて…なにを……」

輪切りにされるような恐怖の触感に襲われて、桜庭が悲鳴する。

いまの刺激で、精を放ったばかりだというのに、もう自分が象を変えてしまったのに気づき、桜庭は狼狽し、哀願した。

「ああっ、シメール、…やめて——やめて……」

シメールが桜庭を下から見て微笑んだ。

「そんなに驚かないで、噛みついた訳じゃないわ。締めてみたのよ」

「締…める?」

桜庭が弱々しく訊き返す。

「そうよ、きっと、普段あなたが無意識にしていることを、意識的にやってみたの。どんな感じだった?」

驚きのまま、桜庭は答えられずにシメールを凝視《みつ》めた。

自分の肉筒がこんなに淫らな、恐ろしい蠢きをするはずがないと思っているのと、桜庭を咥えこんでいるシメールが、余裕たっぷりなのに、驚かされているのだ。

肉体の内側に男を挿入された身でありながら、シメールは少しも取り乱していないからだ。

桜庭ならば、すぐに息も絶え絶えになってしまい、秘所で悦《い》くか、前から漏してしまうかしているところだ。

女性器との違いなのか。それとも、桜庭の男性の部分では、彼女を喜ばせられないのか……。あるいは、桜庭が淫乱すぎるのか——。

「気持ちいい？」

シメールに訊かれて、はっと我に返った桜庭は、素直に肯いた。

「……え、ええ……怖いです……」

すると、シメールは欲望で眸を輝かせて、言った。

「可愛い人ね、もっと気持ちよくしてあげるわ」

桜庭と組んでいた指を解いたシメールは、だが彼を離したわけではなく、今度は両腕で双丘を鷲掴みにし、絡めた脚と腕の力で引きよせた。

桜庭はソファーのシメールに抱きしめられ、より深く彼女に沈んだ。

彼女の内側は熱かった。

しっかりと咥え込んで、絞るように締めつけながら、淫らに蠢き続け、桜庭はいつの間にか、自分がシメールの内へ出たり入ったりさせられているのに気づいた。

「ううう……っ…」

溺れて、窒息しそうな怖さがあったが、包みこまれ、気が遠くなるほどの肉の歓びが、彼女から与えられてくる。

「あむう……い…いいわぁ…いいわ…あぁあ…いいわ……」

　腰を使いながら、シメールは熱っぽい声を洩らしていたが、鷲掴みにした桜庭の双丘を、ぐいと左右へ割り裂き、挟んだ大腿の力を強めた。

　秘所を剥きだしにされた桜庭は、シメールが指を挿入するのではないかと怯えたが、実際には、もっと恐ろしい、凄まじい行為を加えられることになった。

　いつの間にか、桜庭の背後には鷹司が立っていたのだ。

　ワイシャツとネクタイといった姿の鷹司は、ソファーで番いあった二人を見下ろしていたが、シメールが桜庭の秘所を剥きださせると、スラックスの前盾をくつろげた。

「た、鷹司さん！　い、いつ、そこに――……」

　あてがわれた時にはじめて、桜庭は背後の鷹司に気がつき、逃れようともがいた。

　だが前方はシメールの内に埋まり、押さえつけられていて身動きがとれない。その桜庭の背後へ、鷹司がのし掛かり、一気に挿し貫いた。

「あっ…あっ……あぁっ……ひぃっ…ひぃぃ…うぅ……」

　桜庭の肉体が、躍りあがって背後の鷹司にぶつかり、下肢がガクガクッと跳ねあがったようになる。

　薄く開いた口唇から、苦悶と喘ぎの入り混じった切ない吐息がこぼれでて、流れた。

　鷹司は桜庭を貫いたままソファーへ座ると、シメールと向かい合い、睨みあった。

「や、やめて、やめてッ……あ、あああ、あうッ……」

間に挟まれた桜庭は、ただもう、肉体がどうにかなってしまいそうなほど昂ぶってしまい、歔き崩れていた。

そして、鷹司が腰を送り込むと、桜庭は悲鳴して、前屈みになって逃げた。

「……や…やめて……ぬ…ぬいて……ぬう…いて…」

すると、桜庭を嵌めたシメールが、締めつけながら腰を前後に使ったので、今度は狂乱ぎみになってしまう。

「はっ…ぁ…は…はずさせて……シ…メール…」

うわずった声で、桜庭は自分の前と後ろを翻弄する二人に、哀願した。

「だ……だめっ！…だめです。そんな…そんなこと——しないでくださいっ…ああ、わたし、怖い…う、ううッ……うッ、うッ赦してっ……」

だが、二人は競いあうかのように腰を使い、間に挟まれ、前と後ろを犯された桜庭を、悲鳴させるまで、なぶりはじめたのだ。

「ゆ——赦してっ…、動かないでっ…ああっ、どうか二人とも、やめてっ、やめてっ」

桜庭の哀願など、前と後ろを塞いで抽送を繰りだしてくる二人には聴いてもらえない。むしろ、桜庭を奏でるかのように、二人の動きが激しくなるばかりなのだ。

そのうえ、桜庭を介して鷹司の激しい動きを味わうシメールが、負けまいと返しながらも、歓びの声をあげだした。

「ふふ、いいわ。おうぅ…いいわ……ずんとくるわ。うふふふっ、あなたの怒りが伝わってくるわ」

鷹司の方も、シメールが激しく腰を揺すぶるたびに、その振動が桜庭を通じて挿入した男に伝わるので、満更でもなかった。

「ひっ、ひっ…うっ…うぅ…いっ……うっ、うぅぅ……」

ただ、二人に挟まれた桜庭は、肉体が裏返ってしまうと感じるほどの絶頂を続けざまに味わされて、声をあげることも、息を継ぐことも満足にできなくなっている。

それなのに、乳嘴に鷹司の指が触れて揉みしだかれると、あらたな小爆発のように快感が襲ってきて、桜庭は歔いた。

「ふっ、くぅぅっ……んっ、んふぅっ……」

心を通わせるつもりなど毛頭無い二人、鷹司とシメールとが、まったく別々の動き方をしながら、ひとつの目的に向かった。

「ひっぃぃぃ……あっ、あぁあっ、いあぁっ！」

二人がかりで責められた桜庭が、一瞬でオルガスムスへと昇りつめた。

鷹司が喉元へ手を入れて顎を仰向かせ、いま桜庭が、どんな貌で悦くのか、確かめようとした。

桜庭は彼に抱かれてのけ反り、虚ろな眸を宙に彷徨わせたまま、美しい貌を凍りつかせてい

た。

薄く開いた口唇からは、息も洩れてこない。それでいて、肉体の奥――芯のあたりで激しく感じているのだと判るのは、睫毛が発作的な顫えを起こしているところからだった。

悶絶した状態でありながら、桜庭の肉筒は鷹司を搾りたて、シメールの内で喘いでいる。

「……ああっ……はぁ……んっ……」

やがて、開きっぱなしになっていた口唇から、呻きを洩らすようになった桜庭は、今度はガクガクと全身を跳ねあがらせ、エクスタシーの波に翻弄されはじめた。

「あああ……はぁ……はぁ……あぁ…あうぅ……」

「可愛いわね、さっきから悦《い》きっ放しよ、彼――」

ところが、朦朧となったまま桜庭が悶えている間に、鷹司は達しないまま彼の背後から引き抜き、立ちあがって前を整えた。

鷹司が立ちあがったことで、シメールも腰を退き、桜庭を内奥から引き摺りだして離れる。

革張りのソファーには、愛の蜜液を滴らせながら肉体を啜り歔《な》かせる桜庭だけが、取り残された。

シメールは何もなかったかのように、スカートを直し、ブーツを履いた。

それから、モニタールームを出て行く前に、けろりとして言った。

「獣姦の『処理』を観て具合が悪くなったので、介抱していたのよ。あたしは、Gスタジオの方にいるから、後はお任せするわね」

Ⅱ

テーブルに置かれていたペットボトルを取った鷹司は、床に座り込み、息を整えている桜庭の貌に向かって、中の冷たい水を浴びせた。

「他人に見せられないような、貌をしているぞ、桜庭くん」

桜庭の貌は妖しく上気していて、情事の後であるのが一目瞭然だった。桜庭をそうさせたのは、鷹司にも原因があるのだが、彼はそうは思っていない様子で、声に怒りがあった。

手で顔の水を払った桜庭が、ふらふらと立ちあがり、螺旋階段の隣にあるバスルームへと向かおうとする。鷹司が追いかけてきて、桜庭はPCを載せたデスクのところで掴まった。

木製のデスクに背を押しつけられた桜庭は、目の前に鷹司が立ったことで、逃げ場を失った。

「いまの女はだれだ?」

怖い声で、鷹司が訊いてきた。

「シメール。九頭氏の『使徒』です。今回の『処理』では、彼から犬を借りたのです」

すると鷹司が、燃えるような眼で睨みながら、言った。

「犬のために寝たのだな。君は、仕事をスムーズに行うためならば、手も握らせるし、女とも寝るのだな」

シメールに対しての誤解をとかねばならないと、桜庭は鷹司を訂正する。

「彼は、性転換した男性です」

「知っている」

抑えた声で、鷹司が答えた。肩透かしを喰らったような、納得できない気持ちを覚えて、今度は桜庭から問い返した。

「ご存じでしたら、なぜ、わたしに訊いたのです?」

傲慢な態度で、鷹司は裸のままの桜庭を見ながら言った。

「君がどこまで正直に答えるか、聴きたかったからだ」

少し、桜庭は反発を感じたが、いまはとても後ろめたかったので、黙っていた。

鷹司がどうやって、このモニタールームへ入り込めたのかは、訊くまでもないことだった。彼は、シメールと同様に、こっそり鍵をあけ、音も気配もさせずに忍び込んだのだろう。

桜庭はそれに気づけなかったが、シメールは気づいただろう。いつ気がついたのだろうか…。そして、それなのに桜庭を抱いた——。

「恋人同士は、試練を乗り越えてこそ、絆が深まるのよ」シメールの自説だ。桜庭は、この試練を乗り越えられるかどうか、判らなくなってきた。

「久しぶりに日本に戻り、君の居場所を探しだして逢いに来たら、浮気現場に踏み込むことになろうとはな」

いよいよ怒りの本題に入って、鷹司の声音が怖いほど低くなった。

成りゆきとはいえ、されるがままにシメールと一線を越えてしまった桜庭は、返す言葉がない。けれども、ひとつだけ、はっきりさせておきたかったので、口にした。

「浮気ではありません」

「ではなんだ？　スムーズに『処理』を行うためのセックスか？」

「セックス」などと露骨な言葉に、桜庭は落ち着きを失いながら、言い訳しようとした。

「いいえ、シメールとはなぜか、いつも、逆らえなくて……」

「いつも？　前にもあったのか？」

耳聡い鷹司に切り替えされて、桜庭は自分で自分を窮地に追い込んだことを悟り、全体の五分の一くらいを、伝えることにした。

「フェラチオされただけです」

「なぜそういうことになった？　どちらが誘ったのだ？」

「バスルームで、身体を洗ってもらっていて…」

「なぜ身体を洗ってもらった？」

桜庭は、これ以上は追及しないで欲しいと願いながら答えた。

「犬たちと仲良くなるために、戯れたからです」

するとは鷹司は、野外で犬たちと戯れたのだと思い、納得したようだった。

「それではわたしも、メス犬と戯れた君を洗ってやれば、君のペニスをフェラチオさせてもらえるのだな?」

露骨な言葉の洪水に恐れをなして、桜庭は答えられずに固まった。

「ではわたしが日本にいない間に、君は他に何人の男女にフェラチオさせたのだ?」

皮肉の混じった声だった。

「シメールだけです。今日と、一月前に戸隠で一度……彼には、犯される心配はないと…安心していたのです。フェラチオはされたのですが…」

これは全体の三分の一だ。

「舐めさせてやっただけでも充分だ。そのうえ、今日はあいつとソファーでやっていた」

桜庭の頬が赤くなった。それに気づいた鷹司が、怒りを放った。

「君が赤くなるのを、はじめて見たぞ」

「そ、そんな、赤くなってなどいません…」

慌てて桜庭は否定したが、鷹司は、赦さなかった。

シメールとのことを想い出してしまい、桜庭は赤くなったのだ。それほど、彼女が悦かったということだからだ。

「君を愛している。だからわたしが君の最後の男になりたいと願ったことを憶えているか？」

桜庭は肯いた。彼も、鷹司を愛しているのだ。だからこそ、判ってもらおうとした。

「わたしもあなたを愛しています。シメールとは肌を合わせてしまいましたが、心はあなただけのものです。ですから、浮気したと思わないでください…どうか……」

「あれだけのことをしておきながら、浮気でないとは、虫が良すぎるぞ。大体において君は、幹部でありながら、『処理』のために自分の肉体を使うのが間違っているのだ」

突然、桜庭は、鷹司の言動に不快感を覚えた。

鷹司の方は、罪悪感が刻まれていた桜庭の表情が、微妙に変化したのに気がついた。

そもそも、桜庭たちの「処理」の失敗を黙っている代わりに、肉体を求めてきたのは鷹司なのだ。「自分のことはどうなのか！」と言いたかったが、自覚している以上に激したせいか、感情的な言葉が口を衝いてでた。

「鷹司さんは、逢えない一ヶ月の間、二度しか電話を架けてきてくださらなかった。その間、わたしを放っておいて、わたしが独りで寂しかったとは思わないのですか？」

桜庭は不安を抱えていた。幻覚を視てしまうことや、記憶にない子猫の絵や、頻繁に聖グレゴ園のことを想い出すことなど——この不安を、鷹司に聞いて欲しかった。養父や土師たちから得られる安らぎとはまた違う、鷹司の慰めが欲しかった。

シメールは言った。「快楽は薬だ」と。

鷹司からその「薬」を与えて欲しかった。それなのに――。

桜庭は一気に捲したてていた。

「あなたが日本にいない時に、シメールが優しくしてくれたのです。わたしは彼女に好意を持ちました。そのせいで、行き過ぎて今日のようなことになってしまったのですが……」

シメールには、痛いところに気づき、なにも言わずにそっと包みこんでいたわり、癒してくれる優しさがあった。そう訴えながら、桜庭は涙ぐんでいた。

鷹司にも言い分はあった。忙しかったこともあるが、桜庭がしばらくの間、四ノ宮の許にいると土師から報されたため、敢えて連絡を取らなかったのだ。

四ノ宮康熙とは確執がある。鷹司は、実の父親とはいえ、彼を避けていた。

だがなにもかもが、桜庭の涙で決着してしまった。勝負は、桜庭の勝ちだった。

鷹司は、桜庭を抱きしめてキスを繰り返し、なだめるように静かな口調で囁き続けた。

「悪かったよ。多少考え方に違いがあっただけだ。君を愛している。だからわたしは寛大な男になろう。シメールとのことはもう責めない。どうかもう泣かないでくれ」

桜庭の方は、自分が泣いたのに少し戸惑っていた。感情が昂ぶって、涙ぐんでしまうなど、女々しいと思うのだ――が、どうも時々、どこかが毀れて、こうなってしまうようだった…。

「君を愛しているよ」

鷹司は桜庭の身体を、処理中のデータを映すＰＣの載ったデスクに押しつけ、両脚の間に入り込んで言った。

「愛している」

束縛の呪文だと、桜庭は想う。けれども、鷹司のような男から繰り返されるのは、悪くない。気持ちも、肉体も、昂ぶってくる――。

愛の言葉が蝶のように辺りを飛び交い、鱗粉をまき散らし、二人を幸せな気分にさせてくれるのだ。

「わたしもです。一ヶ月はとても長かった…」

桜庭は、鷹司の首筋に腕を回してしがみつき、胸元へ貌を埋めて、懐かしい彼の香りを胸にいっぱい吸いこんだ。

「確かに、長かった。これからは、君を置いてゆかないことにする。いつでも、一緒だ」

ところが桜庭は、内心で「それも…少し、困る…」と思ったが、言えずに黙ったままでいた。

もうこれ以上、鷹司と口論するよりも、したいことがあった。

身体に当たる鷹司の下肢の熱さと、硬さが、気になって仕方がなかったのだ。

あれだけ歓喜したのに、まだ求めようとする自分の淫蕩さが疎ましかったが、久しぶりに逢えた鷹司と、ひとつに融けあい、愛しあいたかった。

欲しいと思った瞬間から、一ヶ月間の餓えがある二人は、もう待てなかった。

桜庭の背後にあるデスクは、立っている鷹司を受け入れるのにちょうどよい高さだった。

デスクに自分から横たわり、桜庭はシメールがしたように、鷹司の腰に脚を絡ませて引きよせてみた。

積極的な桜庭を見下ろしながら、鷹司は前盾から男を探りだし、猛った先端を秘裂の狭間へと潜り込ませた。

すぐには挿入してやらない。

鷹司はすっかり潤んでいる桜庭の肉襞を、焦らすように頭冠で擦りはじめた。

喉元を上下に喘がせ、桜庭はしがみついた手で鷹司を引きよせようとする。

けれども、鷹司は際どいところで静止させたまま、桜庭を刺激し続けた。

肉襞を擦られているだけで、向かいあった桜庭の前方も、チェリーピンクの円《まる》みを顕わにしてきた。

「ん――……んんぅ……」

快楽の流動が、桜庭の身体中を駆けめぐっている。

と、突然、欲望が狂気のように取り憑いて、桜庭は鷹司に縋りつき、腰に絡めた脚を退いて、彼の男を自分の内側へ迎え入れようとした。

過剰な性衝動に駆られて、自分から腰を衝きあげ、鷹司を与えてもらおうとする。

鷹司が焦らすのを止め、腰を沈めた。

「はあ……はあっ……あっ……んっ……」

侵入してくる男の迫力に喘ぎながらも、桜庭は受けとめる。

二人の下肢が極限まで密着し、鷹司のもので肉筒が隙間なく満たされていっぱいになると、桜庭の前方も、すべての象を顕わにした。

鷹司の掌が桜庭の先端に触れ、珠を転がすような動きで弄ぶ。

「あぁ、あぁ、あぁう、あぁぅ…」

もっとも敏感な先端を責められて、桜庭はのた打ち、肉体の内の鷹司を知らず知らずに締めていた。

鷹司が、かるく呻いた。

その呻きを聴いて、桜庭の肉体が熱くなった。

自分がシメールで味わったと同じ、甘美な熱と、蠢きと、締めつけを、鷹司が感じてくれているといいと思いながら、下肢をくねらせる。

シメールのように、鷹司を翻弄できたら――。

桜庭にとって久しぶりということは、鷹司にとっても、一ヶ月ぶりの逢瀬なのだ。

じっくりと愛しあう前に、二人は獣のように、求めあいはじめた。

鷹司は、桜庭の肩に腕を差し入れて上体を持ちあげ加減にすると、彼の頭がデスクにぶつかってしまわないようにしながら、欲望の猛りで動きまくる。

「あっ…んんっ…はぁ…ぅうんっ……」

桜庭は、激しい鷹司に歓喜した。

彼の身体に爪を立てるようにしてしがみつき、なんどもなんども、小さな爆発のような快感を味わい、そして大きな絶頂感が押しよせてくるたびに、声を放った。

「あぁ……だっ……め……終わらな……い…止まらない…ぃっ…」

快感が去らず、そして前方から蜜が溢れだして止まらないのだ。

情熱の極みに追いつめられ、快感に狂わされて、ふたたび桜庭は虚ろになってゆく。

鷹司は自分が果てるまで、徹底的に桜庭を休ませなかった。

「ああ……ファー…ザー……」

陶酔した眸の桜庭が、「ファーザー」とうわごとを口走った。

鷹司は動きを止めないまま、醒めた眼で凝視《みつ》めた。

もうずっと、桜庭は絶頂のときでもその名を呼ぶことはなかったのに、どうしてなのか、鷹司は不安を覚えた。

しかし、肉体の欲望は止まらない。——止められなかった。

深々と衝きあげて揺すり、肉壁の襞を刮げるほど荒々しく抽送を繰り返し、一気に欲望を注ぎこんだ。

「ひッ……あ……あぁぁ……あぁぁっ、あ、ぁぁ……っ」

足先まで痙攣させて、桜庭が悲鳴を放った。

「ファーザー…赦し…て…ああ…や…やめて……」

鷹司が動きを止める。

身悶えていた桜庭が、ゆっくりと眸を開いて、鷹司を見あげた。

正気に返った眸だった。

「ああ、鷹司さん…お願い、やめないで……やめないで、もっと、もっと…愛して…あ――っ！」

抱きついた桜庭は、鷹司の身体に巻きつけた脚を痙攣させながら、ぐいぐいと締めつけ、独りで勝手に達ってしまうという乱れようだった。

「なにがあっても…、君がなにをしでかしても、愛しているよ」

桜庭から離れるとき、鷹司は耳元でそう囁いた。

それから、デスクに横たわったまま動けない桜庭の前を、鷹司は優しい手つきで拭き取ってやった。

「シメールのことは赦してください…」

素直になって、桜庭は鷹司に謝った。

「ああ…、赦すよ。だが、もうあいつとは一線を越えないと約束するな？」

突然、鷹司がそう言った。

「どうした？　約束できないのか？」

「…いえ、お約束します。シメールとのことは、わたしにとっては新しい性体験でしたが、一度で充分です。わたしには、あなたが——いますから…」

安心させるように桜庭は答えを返したが、鷹司は思うところがある様子で、腕を組んだ。

「ドール」

彼の声に桜庭が驚いて貌をあげると、モニタールームのなかに、夏らしい派手なタンクトップを着たドールがいた。

いつからいたのか、本当に判らなかった。彼らときたら、音も気配もさせずに、鍵の掛かった部屋に入り込んでいるのだ。

「桜庭くんに、二度とシメールとはよからぬ行為をしないと誓わせろ」

「イエス、マスター」

ブロンズの肌にヘーゼルの瞳を持つドールが、影のように歩いてきた。

一瞬、幻覚——夢で見たドールと重なる。けれども、久しぶりにドールに抱かれるのだと思うと、桜庭の肉体の内奥から疼くような興奮が起こってきた。

ドールは、怪しいモザイクがかった瞳に欲望の光を輝かせながら、桜庭の許へやってきた。

「お久しぶりです。桜庭サン……」

上体を折り曲げて、ドールはデスクから降りた桜庭の口唇にキスをする。二人のキスを見届けてから、鷹司が桜庭の身体をデスクと向き合わせ、俯せに横たえさせた。

桜庭はデスクに上体をあずけただけでなく、鷹司の手によって左足を掴んで持ちあげられ、思い切り脚をひろげられてしまった。

割れた双丘の狭間には、鷹司を受け入れて官能を掻きたてられた褶襞があり、それをいま、二人に見られている。桜庭は羞恥に喘いだ。

ドールは、鷹司が拡げさせている桜庭の脚の間にはいると、充血して、花のつぼみのように盛りあがった肛襞へ、男の先端を圧しあて、焦らすことなく突き貫いた。

「う、ううっう……くぅ、うう……っ」

桜庭の脚を開かせている鷹司が、肉襞を巻きこんで入り込むドールの男を見ている。

続いてドールが前後に抽送を開始すると、桜庭は床に着いた方の脚が爪先立ってしまうほど、感じはじめた。

身体の下になった前方が、デスクに擦れて痛い。

そのうえに、秘所にはドールの男と、鷹司の視線を感じていて、桜庭は恥ずかしくてどうにかなってしまいそうなのだ。

けれどもそれが、肉の悦びと、心の喜びを醸し出す。

責めるつもりでじっくりと動きだしたドールと、桜庭の交接点は、眼を覆いたくなるほど淫らだ。

鷹司が注ぎこんだ精が、ドールによって捏ねられ、抽き挿《ぬさ》しのたびに、白く泡だって肉襞から溢れてくる。

「あっ、あくぅっ……くぅっ、う、あぁぁぁっ……」

ドールが躍動的なリズムで責めたてると、桜庭はデスクと下腹部に挟まれた先端から、蜜を零し、肉体を啜り歔《な》かせるようになった。

桜庭の淫らな部分を眺めながら、鷹司はシメールのことを考えていた。

ドールからは、シメールは「最悪のイキモノ」だと聴かされていたが、確かにその通りだった。

鷹司も、シメールによって「最悪の場面」に出くわした。

だが、二人であのような行為に及んでいたというのに…、鷹司は桜庭を赦し、ついでにシメールも大目に見ることにした。

シメールの存在によって、むしろ鷹司は、桜庭に対する激しい想いを、――嫉妬という燃料があったとはいえ、自分の心と肉体と頭の裡で再沸騰させる歓びを、味わうことができたのだ。

それになによりも、シメールと自分に挟まれて、取り乱し、歔き喚いた桜庭の嬌態が気に入った。

自分とドールが愛しても、桜庭はあのような乱れ方にはならない。シメールだからこそ引き出された快感が、桜庭をあそこまで歓ばせたのだ。

あのときの桜庭は、男ではなく、男でもあった。

忌々しいファーザーたち、過去の男どもでも、桜庭に刻めなかったものを、シメールが与えた。

とはいえ、シメールには一言いっておかなければならなかった。

Ⅲ

「シメール」

三階のGスタジオから二頭の犬を連れて廊下へでてきたシメールを、鷹司は呼びとめた。

龍星とルキヤは、まだスタジオ内に残っていて、ターゲットをデジタルカメラで撮影している最中だ。

「お前に言っておくことがある」

シメールは、夕日の差し込む窓を背に立つと、長身の鷹司を見あげてにっこり笑った。

「まあ、なにかしら、怖いのね」

足元に座った二頭が、威嚇の唸りを喉から発した。いきり立っているかれらを、シメールは指先で黙らせる。

九頭崇友の使徒を見下《みくだ》しながら、鷹司は警告を発した。

「桜庭くんに手を出すな」

言われたシメールは、意味深に返した。

「浮気は、バレないようにやらなければだめね」

茶化し気味のシメールの言葉と、女の声色に、鷹司は眉をひそめた。

「浮気などではない。桜庭くんがお前のいいなりになったのは、そこの山羊に似た犬を借りているからだ」

熊と鷹司は、優雅なボルゾイを山羊と言ってみた。犬を愛する者ならば、怒り心頭だろう。山羊を愛する者も――。

ところが、言われてみれば似ているかも知れないと思い、シメールは反論しないまま、鷹司に喋らせておくことにした。

「彼は世間知らずで、処世術を間違えているからな、仕事を円滑に行うために必要と勘違いして、お前の言いなりになっただけだ。今日までのことは、九頭氏に免じて見逃してやる。だがこれ以上は、彼に近づくな」

「あたしに奪われてしまうと思うから、心配なのね」

シメールは、同情するかのように言ったが、言葉は挑発以外のなにものでもなかった。

「そんな心配はしていない」

心なしか鷹司の声が激している。シメールは、真面目に忠告した。

「あら、心配した方がいいわよ。あの子を堕とすのは簡単よ。いつでも肉体が飢えてるもの。本人にどれだけ自覚があるか判らないけど、淫乱症だからよ。責めないでね、そうなるしかなかったのよ。そういう風にされちゃったのよね、ファーザーに」

素早く延びた鷹司の手が、シメールの喉を扼した。

たちまち、犬たちが吼えはじめたが、シメールが指先で制し、落ち着かせた。

「なぜ、ファーザーを知っている？」

抑えた声で鷹司は訊いたが、内心は激していた。シメールの答えによっては、あてがった指に力を籠めるつもりだった。

二本の指があれば、簡単に絞首できる。それから、何食わぬ様子で九頭崇友に電話を入れるのだ。「本日午後六時前、奥多摩町の処理施設で事故がありました」と。

「手を…はなしてくれたら教えてあげるわ」

頸部を圧迫されたシメールが、掠れた声で言い、鷹司を睨んだ。

我に返って、鷹司は自分の不利を感じた。シメールは使徒として完璧だった。そのうえ、獰猛な犬を二頭従えていて、いつでも鷹司を襲わせることができるのだ。

やり合うことになれば、鷹司も負けてはいないが、お互いに無傷ではいられないだろう。

九頭崇友へ電話を架けるのも、憂鬱だ。

仕方なく、鷹司はシメールを離したが、手の届く範囲から出すつもりはなかった。

「さあ、言え。知っていることを全部だ」

「欲張りなのね。全部なんて…」

絞めあげられた首を撫でながら、シメールは鷹司から距離をおいた。

彼女にも、鷹司の危険さは充分に判っていた。彼のリーチの届かない範囲まで行きたかったが、逃がしてくれそうもないので、窓に凭りかかった。

「話す前に、ひとつだけ言っておくわ。あたしは、あの子に害をなすものではないわ。あの子を大切に思っている人間の一人よ」

「どうだかな…」

信じていない鷹司に、シメールは心を込めて訴えた。

「本当よ。それに、これはあの子に知られたくないのよ。でもいまあなたに隠したとしても、あなたなら調べあげるでしょうから、教えるのよ」

調べられて、隠しておきたい部分まで探られるくらいならば、ある程度、鷹司を納得させられるだけの真実を話しておく方を、シメールは選んだのだ。

「はやく言え」

鷹司が顎で促す。シメールは、一気に言い切ってしまおうと、大きく息を吸って、言葉を吐きだした。あるいは、決心のために息を呑んだのかも知れなかった。

「――あたしはね、聖グレゴ園にいたのよ。あの子が、ファーザー…たちの餌食になってたときあたしも同じ目にあってたの。あの子は別棟に住んでたから知らないだろうけど、あたしは知ってたわ。あたしを抱きながら、時々ファーザーたちがあの子の話をしてたからよ。十六になったら性転換手術で女体にさせて、もっと愉しもうって言ってたわ。変態どもの会話よね。一度に三つの穴へ入れられるから三人が同時に満足できるっていうのよ。そのときだったわ、あたしは性転換っていうのに興味を持ったの。ヘンよね、犯《や》られながら、女になった自分を想像してたのよ…」

乾いた笑いをシメールが放った。唐突に、彼女の痛みを感じて、鷹司は笑いを止めさせることができなかった。彼女にすれば、笑うしかないのだからだ——。

「それと、あたしは、このあたしよりも可哀想な子がいたんだって同情したわ。あいつらがあの子になにをしたか、なにをしなかったか…知ってるのはあたしだけよ」

ふたたび、鷹司は込みあげてきた猛烈な感情を怺えた。

いますぐにも、この生き物——男とも女とも認めていないので、ドールが言う「最悪のイキモノ」を締めあげて、すべてを話させたかった。

愛する桜庭の過去を、自分も知りたかった。

だが、それは同時に、彼を悲しませ、裏切る行為のようにも思われて、鷹司は怺えた。

そのうえ、この女は——シメールは、一筋縄ではゆかない。

感情と衝動を抑えて、鷹司は黙っていた。

鷹司のような男の沈黙は、却ってシメールを恐れさせる。

彼女は口許を笑みで歪ませ、鷹司を見た。

「名前どおり鷹の眼ね。でも怖くないわよ。獣の本性を持ってる人間は怖くないの。自由に操れるから」

「九頭一族の御託を聴きたいわけではないぞ。はやく、先を続けろ」

鷹司の声音には威嚇が混じっている。

シメールは、目の前にいる男が、噂で聞いていた鷹司貴誉彦とは全然違うと思った。タリオの№２として「処理」に関わっているときの彼は、噂どおりかも知れないが、桜庭に関しての彼とは、別人だと思わなければならない。

かくも恋は、人を変えてしまうものか——そう思うと、微笑ましく、羨ましかった。

こういう男を揶揄うと、大怪我をする羽目になる。シメールは焦らすのを止めた。

「聖グレゴ園の変態院長や教師は、犯《や》るたびに、あたしたちが悦《い》かないと終わりにしてくれないの。天使のような子供の悦《い》き貌に昂奮して、折れそうなくらい肉体が捩れるのを観るが好きだからよ。早く解放されたかったら、感じ続ける肉体になるしかなかったのよ」

他人事のように、シメールは言った。

「ファーザーの自殺で罪が暴かれて、子供たちはもっと健全な施設に送られることになったけど、あの変態どもの餌食になってたあの子と、あたしだけは違ったの。施設ではなくて、保護しに来てくれた人たちのところへ預けられたのよ。あの子は四ノ宮へ行き、あたしは九頭に…。九頭はあたしの才能を見込んで、タリオの養成機関へ入れたけど」

「才能か…」

繰り返されて、シメールは笑い、もう一度、鷹司に向かって言った。

「そうよ。あたしには特別なものがあったのよ。他人を上手に始末できるっていう才能がね」

挑戦的な眸で言ってから、シメールは美しい女の顔に満面の笑みをうかべた。

「あの子は、昔を克服して強くなったわ。あなたのお陰かしらね？　それとも、龍星やルキヤたちのお陰かしら？　四ノ宮にも感謝しなければならないわね。最初、あたしは四ノ宮があの子を引き取ったのは、ファーザーたちと同じ理由だと思ったのよ。実際、あの子を引き取りたいっていう人たちは他にも何人かいたから」

「お前に感謝されても、四ノ宮も困るだろうな」

不機嫌に鷹司が言葉を返す。シメールは肩を竦めて、独り頷いた。

「――そうね。さあ、あたしの話はこれで全部よ。あの子には、決して話さないでね。もし約束を破ったら、たとえタリオのNo.2の鷹司さんといえども、赦さないわよ」

鷹司は鼻先で嗤った。

「むろん、桜庭くんに話すつもりはないが、赦さないとはどうするつもりかな？」

使徒ごときが、幹部である自分に向かって「赦さない」などと吐いた暴言を、鷹司は聞き流しにはしない。ところが、動じることなく、シメールは言った。

「あなたを殺すのは難しいから、あなたの両目をえぐり取ってやるわ」

「お前に出来るとは思えんな」

脳裡に、九頭へ電話を架ける光景を思い浮かべながら、鷹司は嘲った。

「あら、わたしがやるなんて言ってないわ。あなたは怖い人ですもの」

くすくすとシメールが笑いながら、自分の背後を見てみろといいたげに、眸を動かした。

二人がいるのは、三階の廊下だった。鷹司は、何げなく窓外へ視線を移し、息を呑んだ。

処理施設を覆い隠すように植えられた欅の高木の、枝という枝に、驚くべき数のカラスが群がって留まり、ガラス越しに鷹司を見ていたのだ。

まさか…と思ったが、さすがの鷹司も、気味の悪い思いをした。

「では、ごきげんよう鷹司さん。一週間の契約なので、心配なら九月四日まで、あの子に張りついてるのね。あたしに盗られないように」

最後にそう言うと、シメールは犬たちを連れ、立ち去った。

Ⅳ

九頭邸のカーポートには、龍星が運転してきた桜庭家の車が、一週間前から駐車してある。

その隣に車を停めた鷹司は、ドアを開けて降りようとした桜庭の手首を掴んで引き戻した。

「判っているな？」

怖い鷹司の声に、桜庭は決心した面持ちで頷き返すと、九頭邸へ続く石畳の階段を、ゆっくりと、独りで登った。

今日は、九月五日。ファイル№３７５６４の「処理」が終了した翌日であり、桜庭はシメールに犬のレンタル料金を支払いに来たのだった。

銀行へ寄ってから出かけようとした桜庭を、送ってくれたのは鷹司だったが、自分はシメールに会うのを拒絶し、車から出てこない。ドールに至っては、運転手として九頭邸へ来るのもいやがった。

石畳の階段を登り切って、桜庭はカーポートの鷹司を振り返った。

車の運転席から、鷹司がこちらを見ているのが判る。

彼がそう長く待ってはくれない――と判っている桜庭は、九頭邸の玄関ポーチへ向かった。

玄関扉は自動で開き、腰に鮮やかなパレオを身につけただけの、上半身裸のシメールが現れた。

彼女は桜庭を見つめて笑顔になり、眸を輝かせた。

「待ってたわ」

両腕を拡げて桜庭を出迎えたシメールは、そのまま肩を抱いて、頬にキスを浴びせた。

上半身裸でいると、シメールは、美女の顔と雰囲気を持った危険な男に見える。

「あなたと連絡が取れなかったから、心配してたのよ」

桜庭は、身近に鷹司の視線を感じていて、はやく屋敷のなかへ入りたかったが、シメールの方は、訊かずにいられなかったようだ。

「大丈夫だった？」

シメールと桜庭とは、Ｇスタジオのモニタールームで鷹司に見つかって以来、会っていないのだ。

今日までの七日間、桜庭は「処理」に立ち会うこともなく、鷹司とともに彼のマンションで過ごした。鷹司が桜庭を離さなかったからだ。

ゆえに桜庭は、龍星とルキヤに対して、鷹司の仕事を手伝うと言い訳しておいた。

五月にも、アルバイトで「処理」を手伝っていたので、二人は特に疑問を感じなかった様子だった。

事情を知るシメールは、秘密を守る協力者となった。

彼女は、ファイル№３７５６４の「処理」が終わるまで、龍星とルキヤに田園調布の九頭邸で犬たちと過ごさないかと誘ったのだ。

カイルとボイドと仲良しになっていた二人は、その誘惑に飛びついた。

桜庭も、鷹司と――ドールをまじえた一週間を、有意義に過ごした。

「ご心配をお掛けして済みませんでした。鷹司さんのお伴で、香港と福岡へ行ってきました」

現在の鷹司は、公営カジノの一件でタリオの「処理」とは別に動いている。桜庭は、彼らから賭博一般のレクチャアを受けて知識を得、テクニックの一部を身につけたのだ。

ただし、桜庭にギャンブルの才能はなかったが……。

「カジノの件ね。ついでに観光もしてきたの?」

シメールは「観光」と自分で言ってから、あまりに鷹司のイメージではないので、苦笑した。

性格的に引き籠もり傾向にある桜庭も、「観光」には向かないだろうと思う。案の定、桜庭は物憂げに頭を振って否定した。

「いいえ、わたしはホテルのベッドルームに居ただけです」

黙っていてもシメールには判ってしまいそうな気がして、桜庭は正直に言った。

「訊かなきゃよかったわ」

肩を竦めてため息混じりに言ったシメールは、桜庭の腰へ腕をまわして引きよせた。

「入って、あの子たちもお待ちかねよ。プールにいるわ」

シメールが半裸の理由も、ガーデンプールにいたからだった。

「その前に、お支払いを――…」

彼らに逢う前に、桜庭は九頭邸へ来た用事を早く済ませてしまいたかった。

「そうね、こちらへ来て」

玄関ホールから大きい方の客間へ、シメールは桜庭を導いた。

勧められたソファーに腰を降ろした桜庭は、封筒に用意してきた現金をテーブルに置いた。

「無事に『処理』が完了したのは、あなた方のお陰です。ありがとうございました。これは、お約束のレンタル料金です」

ファイルNo.37564の「処理」は無事に終わり、ターゲットは被害者と同じ運命を辿った。シメールと、二頭のボルゾイの協力が無くては、これほど巧くは行かなかった。

「他に、龍星とルキヤまでもお世話になってしまい、なんとお礼を申しあげたらよいか…」

「お礼はいいのよ。あたしも、あの子たちも愉しかったわ」

シメールがそう言ったとき、龍星とルキヤが二頭を連れてサンルームの方から入ってきた。

「来るのは夕方だと思ってた…」

桜庭が来たということは、自分たちも犬と別れて帰らなければならないということだ。ルキヤが残念そうに言うのを聴いて、シメールが桜庭と少年の間に入った。

「あら、お養父さまはゆっくりしていってくださるわよ。ね？」

言われた桜庭は曖昧に笑っただけで、自分めがけて一目散に走ってくる二頭の方に、気を取られていた。

近づいてくる犬たちが、桜庭には怖かったのだ。

だが、目の前まで走ってきた犬たちが素早く静止し、行儀よく座ったのを見て、ほっとした。

桜庭に撫でてもらうのを辛抱強く待っているかれらには、Gスタジオにいたあの魔犬の面影はまったくない。顔は笑っていて、全身からは優雅さが漂っていた。

「撫でてあげて、この子たちは、あなたに撫でてもらいたくて、プールに入りたいのを我慢してたのよ」

受けとった現金を数えながら、シメールが言った。

違う犬のように従順なかれらに対して、桜庭は、自分の裡に生じた恐怖と蟠りが解けるまで平等に撫でてやり、やがて良好な関係を取り戻した。

金を数え終えたシメールが、微笑んでみていた。

「確かに間違いないわ。領収書をつくってくるわ。ゆっくりしていける？　龍星とルキヤはまだ遊んでいていいんでしょう？」

シメールが桜庭に訊き、その答えを龍星とルキヤ――そしてカイルとボイドも待っている。

全員の期待を浴びて、桜庭は答えた。

「わたしは鷹司さんの車で来ましたので、先に帰ります。お邪魔でなければ、龍星たちはもう少し遊ばせていただいて、後から自分の車で帰っていらっしゃい」

「鷹司さんの車で来たなら、ドールも一緒なの？」

ルキヤが弾んだ声をあげた。桜庭は、頭を振って否定する。

「ドールは来ていません…」

「なんだ来なかったの。だったら鷹司さんはどこ？」

がっかりしたルキヤの声。鷹司はカーポートで待っていることを、桜庭が口にするよりも先に、シメールが答えた。

「彼らは、あたしが嫌いだから来ないのよ」

「嘘？　どうして？」

ルキヤは知りたがり、龍星も答えを待った。うっかり言ってしまったシメールが、顔をしかめた。

「苦手って言った方が適切かしら。ああいう男たちは、自分が理解できないものを嫌うからよ。さ、お養父さまの許可が出たんだから、二人ともまだ遊んでていいのよ、この子たちも泳ぎたがってるわよ」

桜庭に撫でてもらうために、毛を濡らさないようにしていた二頭が、そわそわしだした。

「だったらもう少し、遊んでから帰るね」

そうと決まれば時間がもったいないとばかりに、ルキヤと龍星は二頭を連れて、サンルームの方へ走っていった。

シメールは領収書を持ってきて差し出したが、受け取ろうとした桜庭の手を掴んだ。

びくっと反応し、桜庭は潤んだ眸でシメールを見あげる。

「あの鷹司は、外の車でしょう?」

「ええ——…」

桜庭が頷くと、シメールはソファーの横に座り、手を握ったまま顔を近づけてきた。

キスされると思った桜庭だが、逃げずに、彼女の口唇を受け入れ、舌を絡ませあった。

「戸隠へ帰る前に、もう一度だけ、あなたを愛したいわ」

口唇を啄みながら、シメールが甘く囁く。眸を閉じて、桜庭は頭を振った。

「だめです…。無理です」

シメールの手が、桜庭の肩を掴み、抱きしめてくる。

「どうして? あなたも、あたしを嫌いになったの? あたしとの経験を後悔してるのね?」

身をもじって逃げながら、桜庭は喘いだ。

「いえ…、その……後悔は…していません……前から後ろから…あのようなことになって…、わたしは気が狂いそうでした……あ、あの、シメール…戻らないと…鷹司さんが待っていますので」

「待たせておけばいいじゃない」

キスを受け入れた桜庭は、本心から拒絶している訳ではないと判って、シメールが迫った。

「一瞬でいい気持ちにしてあげるわ。お別れの前に、あたしの想い出にして欲しいのよ」

口唇から首筋にキスを降らせながら、桜庭の纏う神父服のカラーを開いてゆく。

桜庭はシメールの指を外させようと手を掛けているが、本気では力が入っていない。——と、シメールの耳に、聞こえた。

彼女は一気に桜庭の前をはだけさせて、唖然となった。

シメールが知ったと同時に、桜庭が身をよじり、ソファーに頽れた。

「あっ、あっ……」

悶える桜庭の肉体の内側から、淫らな振動音が聞こえている。

シメールは眸を細めて、貞操帯を装着された桜庭の下肢を見た。

桜庭は、拡張用の淫具で精路に栓を挿《さ》され、ペニス革鞘《サック》で前方を封印されただけでなく、後方にはバイブレーターのついたディルドーを嵌められていたのだ。

「なんて酷い仕打ちなの！」

自分がまえに桜庭の内へビーズスティックを挿入して攪拌したことを棚にあげて、シメールが鷹司に向かって怒った。けれども桜庭にとっては、それどころではなかった。

「十五分ごとに動きだして……だから、はやく、戻らないと……わ……たし……」

引き留めておけば、桜庭は鷹司が仕掛けた淫具によって悦《い》ってしまうだろう。シメールはその姿を見て愉しむことはできたが、それは彼女のような人間にとっては屈辱以外のなにものでもなかった。

自分の愛撫で、桜庭を官能へ導き、甘い想いをたっぷりと味わわせてやるのが、彼女の歓びなのだ。

他の男によって達する姿を、なにもできずに見ているのは耐えられない。そして、シメールは驚きながらも、感心していた。

「呆れたわ。彼って冷静な男だと思っていたのに、あなたのことになると変なスイッチが入って、別の回路に繋がっちゃうのね」

ため息を混ぜた、感嘆と満足の声が、シメールから洩れた。

「あの男は、そこまであなたに本気なのね」

「お…願いします。これで、帰らせてください……」

ソファーから立ちあがった桜庭は、自分を支えようとしたシメールを避けた。

彼女に触れられると、どこかで鷹司が見ていて、バイブレーターの振動を強めてくるような気がしたのだ。

別れの前に、桜庭を愛撫したかったシメールにすれば、妨害されたのは残念だった。

けれども、鷹司がそれだけシメールを恐れている証でもあり、彼女はその部分に満足を得た。

「さようなら、愛しい人。鷹司さんに、よろしくね」

彼女が引いてくれたので、桜庭もほっとして、別れを口にできた。

「え…ええ、九頭さんへもよろしくお伝えください。後ほどお礼状をお送りしますが、犬たちの絵は描かないでおきます……色々ありがとうございました。シメール……」

シメールに見送られて玄関を出た桜庭は、階段を下りて、どうにかカーポートへ辿りつき、助手席に滑りこんだ。

「鷹司…さん――…、き、切ってください。はやく、スイッチを切ってっ！　回転しながら、膨らんでくるのですっ」

体内の振動が激しいものになっている。このままだと、肉体が歔《な》き出してとまらなくなってしまうのだ。

だが鷹司はリモコンのスイッチは切らずに、桜庭の座った助手席のシートを倒してしまうと、神父服の裾から手を入れ、前をひらいた。

装着させられた責具を外してもらえるものとばかり思って、桜庭はされるがままになった。

「いい子だったようだな」

シメールに、なにもさせなかったことを評価して、鷹司が言う。小刻みに肯いて、桜庭は彼に縋った。

「ああ…お願いです。はやく、止めて、外させてください…」

ところが鷹司は、精路を塞いだ栓だけを引き抜くと、桜庭の先端の円《まる》みを口唇で銜え、舌先を巻きつけた。

舌の感触と肉筒の刺激が相俟って、喜悦が深まり、桜庭から甲高い声が洩れた。

「……やっ！　……やめ……ぁ…うあぁぅぅっ…」

咄嗟に桜庭は、鷹司の肩に触れ、離させようとする――が、背後から肉体の内側を掻き乱されて、のけ反りあがった。

双果から先端まで、ぎちりと革鞘《サック》で締めあげられた内側を、悦びの熱い蜜が走りぬける。

「…あっ……んんっ……はぁ………ぅうんっ……」

たちまち、桜庭は快感に酔い痴れて、ダッシュボードに膝を打ちつけながら、鷹司の口腔《なか》へ果ててしまった。

すべてをネクタルのように味わい、引き出すときには口唇を窄めて、精路に残った最後の一滴までも搾りだした鷹司は、車窓の外に、誰か――何者かの視線を感じて、にやりとした。

そいつに見せつけるように、口唇を離すと、ふたたびハンドル付きのスティックを桜庭にあてがい、残酷に挿入した。

「あっ…あっ…そんなっ…もう赦し…て…いっ…あぁ………あうぁぁ……ふぅぅ………うぅっ……………んっ………はぁ…は………」

精路の奥へ入ってゆくにつれて、桜庭の悲鳴が切なげな喘ぎに変わってゆく。ハンドルの部分だけ残して挿し込み終えると、鷹司は彼の前をあわせてから、座席を元に戻し、シートベルトを嵌めてやった。

「…せめて、せめてバイブレーターだけでも切ってくださいっ、そう…でないと…——はぁ…はぁ………はぁ…………はっ！　…」

「駄目だ」というふうに頭を振った鷹司は、俯いて息を整えている桜庭の頬を撫でてから、自分のシートベルトを嵌めた。

九頭邸の門扉が、自動でひらきはじめた。

バックミラーに眼をやると、玄関ポーチに立ったシメールの姿が見える。

シメールは、顔の前で両手の人差し指と親指をくっつけて、三角形をつくって見せた。

「三角関係」

その意味するものを察した鷹司は、ハンドルを切り返して車の方向を変え、彼女と向かいあった。

フロントガラス越しに、鷹司はシメールを睨み、ポーチの高台からシメールも、鷹司を見下ろすことになった。

会話の届く距離ではないが、二人はお互いに眼を据えて逸らさず、火花の散るような、無言の遣り取りをおこなった。

助手席の桜庭は、睨みあった二人に気づくなり、前から後ろから責めたてられたときの悦揚感が蘇ってきて、膝頭が慄《ふる》え、口唇までも顫《ふる》えて閉じられなくなってくる。

「あっ……あっ…………ああっ…………はぁっ……」